Das Juwel des Drachen

Das Juwel des Drachen

Märchen aus Tibet

erzählt von Ringu Tulku
mit Illustrationen von Silke Tessmer

aus dem Englischen übertragen
von Maria Hündorf-Kaiser

Theseus

Die Deutsche Bibliothek – CIP-Einheitsaufnahme
Das **Juwel des Drachen** : Märchen aus Tibet / von Ringu Tulku.
Mit Ill. von Silke Tessmer . Aus dem Engl. übertr. von
Maria Hündorf-Kaiser. – Berlin : Theseus, 1998
ISBN 3-89620-121-2

ISBN 3-89620-121-2

Umschlaggestaltung: Silke Tessmer, Hamburg
Lektorat: Andrea Liebers
Layout: Gerda Koch
Druck: Druckerei zu Altenburg
Printed in Germany

Gedruckt auf alterungsbeständigem Papier
mit chlorfrei gebleichtem Zellstoff

Inhalt

Liebe große und kleine Leserinnen und Leser, für dieses Buch habe ich Märchen aus meiner Heimat Tibet erzählt. Auch wenn Tibet ein buddhistisches Land ist, sind viele der Märchen, die bei uns erzählt werden, nicht buddhistisch, sondern sie stammen aus einer Zeit, in der die Tibeter den Buddhismus noch gar nicht kannten. Sie wurden immer wieder und wieder erzählt, und so sind sie erhalten geblieben. Für Tibeter gehören diese Geschichten zu ihrem Leben, zu ihrer Erziehung. Wenn Tibeter sich treffen, werden diese alten Märchen auch gern einfach zur Unterhaltung erzählt.

Schon mit zwei Jahren hörte ich diese Geschichten, und als ich vier oder fünf Jahre alt war, kannte ich sie in- und auswendig. Auch als ich schon älter war, wollte ich sie wieder und wieder erzählt bekommen. Die meisten der Geschichten stammen aus Kham, dem östlichen Teil Tibets, wo ich geboren wurde. Dort leben hauptsächlich Nomaden. Es gibt in Tibet vor allem zwei Arten, wie die Menschen leben: Entweder als Dokpas oder als Schingpas. Dokpas, die Nomaden, züchten Yaks, das sind große Rinder mit Zottelfell, und Schafe, die sie grasen lassen und um die sie sich kümmern. Sie verwerten alles, was von den Tieren kommt. Aus der Milch machen sie Joghurt, Käse und Butter. Sie verwenden aber auch das Fleisch, die Wolle und das Fell. Sogar die Hörner können sie gebrauchen, das kommt in einer der Geschichten vor. Nicht zu vergessen den Dung: Da Tibet sehr hoch liegt, zwischen 3000 und 5000 Meter, wachsen dort oft keine Bäume mehr. Deshalb werden die Yakfladen getrocknet und als Brennmaterial benutzt, wenn man Feuer macht, zum Kochen oder um es im Haus oder Zelt warm zu haben. Die Dokpas sind ganz von ihren Tieren abhängig. Ohne sie wären sie verloren. Sogar ihre schwarzen Zelte sind aus Yakwolle gemacht. Auch meine Familie lebte in einem solchen großen, schwarzen Zelt.

Der andere Teil der tibetischen Gesellschaft besteht aus denen, die die Felder bewirtschaften. Sie werden Schingpas genannt, manchmal nennt man sie auch Jupas. Meistens bauen sie nur Gerste an. Die Tibeter lieben Gerste, es ist ihr Hauptnahrungsmittel. Aus Gerste wird Tsampa gemacht, das gibt es in Tibet fast zu jeder Mahlzeit. Dafür wird Gerste geröstet und dann zu Mehl gemahlen. Das wird dann mit Milch oder Joghurt oder auch mit heißem Buttertee vermischt, ähnlich wie euer Müsli. Man hat also schnell etwas Gutes zu essen, ohne dass gekocht werden muss. Tsampa ist nicht nur leicht herzustellen, sondern es ist auch einfach zu transportieren. Außer Gerste werden noch ein paar andere Dinge angebaut, zum Beispiel Erbsen und verschiedene Gemüsesorten, wie etwa Rettich, in letzter Zeit manchmal auch Kartoffeln.

Dokpas und Schingpas haben ihre Erzeugnisse untereinander getauscht. Früher gab es bei uns kein Geld, selbst in meiner Kindheit nicht. Und wenn es welches gab, dann wurde es nicht benutzt. Wir haben alles getauscht: Butter für Gerste, Gerste für Salz, Salz für Leder, Leder für Käse, und so weiter. Die Dokpas brachten ihre Produkte zu den Bauern, den Schingpas, und dann tauschten sie ihren Überschuss gegen den Überschuss der anderen ein. Diese beiden Gruppen, die Dokpas und die Schingpas, waren abhängig voneinander, sie handelten miteinander. Darin bestand früher das Leben in Tibet. Die Tibeter konnten sich also gut selbst versorgen, deshalb hatten sie auch nicht besonders viel Kontakt zu anderen Ländern.

Den Buddhismus lernten die Tibeter vor ungefähr 1500 Jahren kennen. Sie besorgten sich aus Indien viele spirituelle, philosophische, medizinische und andere Schriften und übersetzten sie in ihre Sprache. Einige wichtige Schriften kamen auch aus China. Der Buddhismus wurde in Tibet die Hauptreligion, so wie bei euch das Christentum. Es gab viele Mönche und Nonnen, die in Klöstern lebten, aber auch herumziehende Lamas, so nennt man in Tibet die Priester des Buddhismus.

Das Leben in Tibet war sehr einfach. Die Menschen lebten in einem riesigen Land, und weil es nicht sehr viele waren, lebten sie oft weit voneinander entfernt. Tibet ist sehr groß, ungefähr so groß wie Westeuropa und es leben darin nur sechs Millionen Menschen, so viel wie zum Beispiel in dem kleinen Land Dänemark. Es gibt viele unbewohnte Gegenden, viele wilde Tiere, wilde Blumen und Pflanzen, die in den verschiedenen Jahreszeiten wachsen. Weil es so viele verschiedene Tiere gibt, gibt es auch viele Geschichten, die von Tieren handeln.

Wegen seiner hohen Lage, des Klimas und der gesamten Umstände war das Leben in Tibet sehr hart. Also lernten die Menschen in diesem Land von klein auf, stark zu sein. Den Kindern wurden Geschichten erzählt vom Leben und vom Tod. Sie wurden nicht geschont, sondern sie lernten jeden Aspekt des Lebens kennen. Genau wie alle anderen Kinder hörte ich diese Geschichten, als ich noch klein war. Auf diese Weise waren wir vorbereitet, wir verstanden das Leben, so wie es ist, und wir wussten auch

über den Tod Bescheid. Wir wussten von den Problemen, aber auch von den Freuden des Lebens. Wir wurden starke Menschen und waren darauf vorbereitet, auch mit großen Schwierigkeiten fertig zu werden.
Einige Märchen, die ich für dieses Buch erzählt habe, sind recht neu, die meisten aber sind sehr alt und sehr tibetisch. Sie haben mir geholfen, die großen Herausforderungen zu bestehen, die später auf mich zukamen. Als die chinesische Armee Tibet gewaltsam besetzte, musste ich Tibet verlassen. Damals war ich fünf Jahre alt. Wir flohen durch die Berge, reisten meist in der Nacht und versteckten uns am Tag, fast zwei Jahre lang. Viele Male wurden wir von den Soldaten des kommunistischen China angegriffen und wir verloren viele Menschen, einige davon waren mir besonders nah gewesen. Dann kamen wir als Flüchtlinge nach Indien. Dort verstanden wir die Sprache nicht, genauso wenig die Art zu essen und zu kochen, das ganze Leben war dort völlig anders. Dies war ein Schock für uns, aber wir wussten, dass sich die Dinge immer ändern können und dass man aus allem lernen kann, deshalb überlebten wir.
Ich möchte diese Geschichten gern an euch weitergeben und ich würde mich freuen, wenn ihr durch diese Geschichten auch etwas über Tibet erfahrt, über das Leben, die Menschen und das Land.

Das Juwel des Drachen

Es war einmal ein Jäger, der ging oft in den hohen, zerklüfteten Bergen ganz in der Nähe seines Dorfes auf die Jagd. Er blieb aber niemals über Nacht weg, sondern kam, wenn es dunkel wurde, jedes Mal wieder nach Hause zurück. Deshalb machten sich alle große Sorgen, als er eines Tages am Abend noch nicht da war. Und als er auch nach der zweiten und der dritten Nacht noch nicht nach Hause gekommen war, brachen seine Familie und seine Freunde auf, um ihn zu suchen. Sie durchkämmten die nahe gelegenen Wälder, kletterten in den Bergen umher, schauten unter Felsvorsprünge und suchten die Schluchten ab. Doch nirgends konnten sie ihn finden. Schließlich glaubten sie, dass er wohl tödlich verunglückt war. Vielleicht war er von einer Felsenklippe gestürzt, oder er war irgendwo ertrunken. Und wie es im tibetischen Buddhismus bei einem Todesfall Brauch ist, machten sie 49 Tage lang Gebete und Rituale für ihn.

Viele Jahre danach tauchte dieser Mann plötzlich

wieder auf. Zuerst bekamen die Menschen einen riesigen Schreck, sie mochten ihren Augen nicht trauen, einige liefen sogar weg, denn sie dachten, er wäre ein böser Geist. Aber ein paar seiner alten Freunde wagten sich etwas näher an ihn heran, und da sagte er: »Ich bin nicht tot, ich lebe und es geht mir gut.« Da verloren auch die anderen ihre Angst, das ganze Dorf war voller Freude und sie hießen ihn herzlich willkommen. Er bekam zu essen, ruhte sich ein wenig aus, und dann erzählte er seine unglaubliche Geschichte:

An jenem Tag, als er verschwunden war, hatte der Jäger ein wildes Schaf entdeckt. Er verfolgte es bis zu einer sehr steilen und steinigen Stelle, da verlor er plötzlich den Halt und rutschte in eine tiefe Felsspalte. Obwohl er sehr tief gefallen war, hatte er sich nicht verletzt, denn am Grunde der Spalte landete er unvermutet auf etwas Weichem. Es dauerte einige Zeit, bis sich seine Augen an die Dunkelheit dort unten gewöhnt hatten. Endlich konnte er erkennen, dass es ein Tier war, auf das er gefallen war und das ihm damit das Leben gerettet hatte. Doch er erschrak sehr, als er es genauer betrachtete: Es war ungeheuer groß und hatte lange, glatte Haare auf dem Rücken und auf dem Schwanz. In einer seiner krallenbewehrten Klauen hielt das Tier einen großen, strahlenden Stein. Ab und zu leckte das Tier daran, dann fing der Stein an zu sprudeln und zu schäumen. »Das muss ein Drache sein!« Dieser Gedanke durchfuhr den Jäger wie ein heißer Blitz und er zitterte vor Angst. Ob er ihn fressen würde, wenn er auf ihn aufmerksam würde? Eigentlich wusste der Jäger nicht besonders viel über Drachen, nur das, was sich die Leute so erzählten: Er wusste, dass Drachen sehr, sehr, sehr alt werden und nacheinander drei verschiedene Gestalten annehmen. Zuerst sind sie eine Art Schlange, die Dul Rab Jam genannt wird. Zu dieser Zeit haben sie ein Juwel auf der Stirn. Wenn diese Schlange sehr alt geworden ist, wachsen ihr Arme und Beine. Schließlich sind ihre Arme lang genug, und die Schlange kann sich das Juwel von der Stirn reißen. Im selben Moment wird sie dann ein Druk, ein fliegender Drache. Wenn der Drache von seinem Juwel leckt, braucht er sonst nichts zu fressen, deshalb bleibt er normalerweise lange an einem Ort, ohne sich fortzubewegen. Doch irgendwann verspürt er ein großes Bedürfnis danach zu fliegen. Er breitet seine Flügel aus und fliegt durch den Himmel. Durch die große Kraft des Juwels bilden sich um ihn herum lauter Wolken. Nach sehr, sehr langer Zeit wird der Drache plötzlich so schwach, dass ihm das Juwel aus den Klauen fällt. Er stürzt in einen Ozean oder einen großen See und wird zu einem Tschusin,

einem Seeungeheuer. Ein Tschusin lebt sehr lange Zeit unter Wasser bis es schließlich stirbt.
Der Jäger beruhigte sich etwas und runzelte die Stirn: »Ich muss wohl auf einem fliegenden Drachen gelandet sein, der aber noch keine Lust zu fliegen hat«, überlegte er. Und der große Stein, an dem der Drache leckte, musste ein solches Juwel sein! Weil der Mann mittlerweile sehr hungrig war, und der Drache anscheinend keine Notiz von ihm nahm, beschloss er, sich ein bisschen von diesem Schaum zu holen und davon zu kosten. Überrascht stellte der Mann fest, dass dieser Schaum gut schmeckte und satt machte.
Und als das riesige Tier ihn auch jetzt vollkommen in Ruhe ließ, entschied der Jäger, dass der Drache friedlich war und ihm nichts zu Leide tun würde. Der Jäger hatte zwar keine Möglichkeit, aus dem tiefen Felsspalt herauszukommen, aber wenigstens musste er nicht verhungern oder verdursten.
Lange Zeit lebte er so vor sich hin. Er lief, wenn es ihm kalt war, auf dem großen Rücken des Drachen auf und ab und er legte sich hinter dem Ohr des Drachen schlafen. Da er in dem dunklen Loch den Tag nicht von der Nacht unterscheiden konnte, wusste er aber auch nicht, wie viel Zeit eigentlich bereits vergangen war.
Eines Morgens fing der Drache an, sich kräftig zu

bewegen. Das war noch niemals geschehen! Er schien sich auf irgendetwas vorzubereiten. »Er will die Felsspalte verlassen!«, ging es dem Jäger durch den Kopf. Langsam bewegte der Drache seinen Kopf immer höher hinauf, und plötzlich schlug er mit seinen Flügeln und erhob sich in die Luft. Der Jäger geriet in Panik, denn ohne den Drachen und sein Juwel würde er dort unten in dem tiefen Felsspalt verhungern und verdursten. Er musste unbedingt mit hinaus! Entschlossen packte er den Schwanz des Drachen und hielt sich mit aller Kraft daran fest. So zog der Drache ihn mit sich, als er sich in die Höhe erhob. Am Rand der Felsspalte ließ der Jäger sich fallen und landete sicher auf dem Boden. Der Drache aber flog direkt hinauf zum Himmel, und der Jäger sah, wie er in den Wolken verschwand. Sobald er ganz von Wolken eingehüllt war, ertönte ein lautes Donnern. Nach einer kurzen Verschnaufpause machte sich der Jäger auf den Weg nach Hause, um seine Familie und seine Freunde wiederzusehen und ihnen von der Begegnung mit dem Drachen zu erzählen.

Das goldene Schaf

Es war einmal ein Schaf, das hatte ein so wunderschönes blondes Fell, dass es von allen nur goldenes Schaf genannt wurde. Es war außerdem genauso klug wie es schön war. In derselben Gegend lebte ein bösartiger und gemeiner Wolf, der einen sehr großen Appetit hatte. Dieser Wolf hatte schon oft versucht, das goldene Schaf zu fangen, um es aufzufressen, aber weil das Schaf sehr klug war, waren alle seine Versuche bisher fehlgeschlagen.
Eines Tages versteckte sich der Wolf in der Nähe eines Weges, den das goldene Schaf oft entlangkam. Dort lauerte er ihm auf. Als kurze Zeit darauf das goldene Schaf vorbeikam, sprang der Wolf aus seinem Versteck und stellte sich ihm in den Weg, so dass es nicht weglaufen konnte. Er knurrte: »Endlich habe ich es geschafft, dich zu fangen. Jetzt werde ich dich auffressen!« Das goldene Schaf antwortete: »Ja, du darfst mich fressen. Aber vorher musst du dir dein Gesicht und deine Hände in einer neuen Quelle waschen.«

Dem Wolf lief schon das Wasser im Mund zusammen, und er beeilte sich, zu einer nahe gelegenen Quelle zu laufen. Als er dort angekommen war, sagte er: »Liebe Quelle, ich möchte mein Gesicht und meine Hände in dir waschen, damit ich das goldene Schaf fressen kann.« Die Quelle, die das Gespräch gehört hatte, antwortete: »Es tut mir Leid, das würde dir nichts nützen, denn ich bin keine neue Quelle. Du musst selber eine neue Quelle graben, um Wasser zu haben, mit dem du dir Gesicht und Hände waschen kannst.«
Der Wolf war ratlos. Er wusste nicht, was er nun tun sollte. Deshalb fragte er: »Wie kann ich denn eine neue Quelle graben?« Die Quelle riet ihm: »Du brauchst das Horn einer Antilope, um eine neue Quelle zu graben.«
Also lief der Wolf zur Antilope und sagte: »Liebe Antilope, bitte gib mir dein Horn, damit ich eine neue Quelle graben kann, damit ich meine Hände und mein Gesicht waschen kann, damit ich das goldene Schaf fressen kann.« Die Antilope antwortete: »Um mein Horn zu bekommen, musst du mich töten, und um das zu schaffen, brauchst du einen Hund.«
Da lief der Wolf zum Hund und sagte: »Lieber Hund, bitte töte für mich die Antilope. Ich brauche ihr Horn, damit ich eine neue Quelle graben kann,

damit ich mir darin meine Hände und mein Gesicht waschen kann, damit ich das goldene Schaf fressen kann.« Der Hund antwortete: »Das kann ich schon tun, aber zuerst musst du mir etwas Kuhmilch bringen.«

Da lief der Wolf zur Kuh und sagte: »Liebe Kuh, bitte gib mir etwas Milch, damit ich sie dem Hund geben kann, damit er die Antilope tötet, damit ich ihr Horn bekomme, damit ich eine neue Quelle graben kann, damit ich mir darin meine Hände und mein Gesicht waschen kann, damit ich das goldene Schaf fressen kann.«

Die Kuh antwortete: »Das kann ich schon tun, aber bevor ich dir Milch geben kann, brauche ich etwas Gras.«

Da lief der Wolf zu einer Wiese, auf der viel Gras wuchs, und sagte: »Liebes Gras, bitte lass mich etwas von dir nehmen, damit ich die Kuh füttern kann, damit ich etwas Milch bekomme, damit ich sie dem Hund geben kann, damit er die Antilope tötet, damit ich ihr Horn bekomme, damit ich eine neue Quelle graben kann, damit ich mir Hände und Gesicht waschen kann, damit ich das goldene Schaf fressen kann.«

Das Gras antwortete: »Du kannst schon etwas von mir haben, aber du brauchst eine Sichel.«

Da lief der Wolf zur Sichel und sagte: »Liebe Sichel,

bitte lass mich dich nehmen, damit ich etwas Gras schneiden kann, damit ich die Kuh füttern kann, damit ich etwas Milch bekomme, damit ich sie dem Hund geben kann, damit er die Antilope tötet, damit ich ihr Horn bekomme, damit ich eine neue Quelle graben kann, damit ich mir Hände und Gesicht waschen kann, damit ich das goldene Schaf fressen kann.«

Die Sichel antwortete: »Das ist in Ordnung, nur musst du mich zuerst zum Schmied bringen, damit er mich schärft.«

Der Wolf nahm die Sichel und lief zum Schmied und sagte: »Lieber Schmied, bitte schärfe mir diese Sichel, damit ich etwas Gras schneiden kann, damit ich die Kuh füttern kann, damit ich etwas Milch bekomme, damit ich sie dem Hund geben kann, damit er die Antilope tötet, damit ich ihr Horn bekomme, damit ich eine neue Quelle graben kann, damit ich mir Hände und Gesicht waschen kann, damit ich das goldene Schaf fressen kann.«

Der Schmied antwortete: »Das kann ich schon tun, aber zuerst muss ich Fleisch von einem wilden Yak essen.«

Da lief der Wolf zum wilden Yak und sagte: »Liebes Yak, bitte gib mir etwas von deinem Fleisch, damit der Schmied es essen kann, damit er die Sichel schärft, damit ich etwas Gras schneiden kann, damit ich die Kuh füttern kann, damit ich etwas Milch bekomme, damit ich sie dem Hund geben kann, damit er die Antilope tötet, damit ich ihr Horn bekomme, damit ich eine neue Quelle graben kann, damit ich mir Hände und Gesicht waschen kann und damit ich das goldene Schaf fressen kann.«

Das wilde Yak wurde bei diesen Worten sehr wütend, und es brüllte: »So ein Köter wie du wird niemals mein Fleisch bekommen!« Dann stieß es den Wolf so heftig mit seinen Hörnern, dass er tausend Meter weit durch die Luft flog. Da war der Wolf tot, und alle seine Vorbereitungen, um das goldene Schaf fressen zu können, waren umsonst.

Der Faulpelz

Es war einmal eine Mutter, die hatte einen sehr, sehr faulen Sohn. Den ganzen Tag schlief er nur, und als Kopfkissen benutzte er dabei den Ärmel seines dicken Wollumhanges, den man in Tibet Tschuba nennt. Und weil er so viel darauf lag, war sein Spitzname »plattgedrückter Ärmel«. Die Mutter versuchte alles Mögliche, um ihren Sohn zum Arbeiten oder zum Lernen oder zu irgendetwas zu bewegen, aber es klappte nicht. Voller Verzeiflung grübelte und grübelte sie, was sie nur tun könnte, und plötzlich hatte sie eine Idee. Schnell holte sie das Bein eines Yaks und trug es zu der Stelle, wo am Tag vorher noch die Zelte einiger fremder Reisender gestanden hatten. Heute Morgen waren sie weitergezogen.

Einige Zeit später wachte der Sohn auf und blickte sich verschlafen um. Da sah er in einiger Entfernung Scharen von Vögeln durcheinander schwirren. Er rief seiner Mutter zu: »Guck doch mal, wie viele Vögel dort sind!«

»Willst du nicht mal hingehen und nachsehen, was dort los ist?«, fragte die Mutter. Da es nicht weit weg war, erhob sich der Junge und ging hin. Zu seiner Überraschung fand er dort ein schönes, fleischiges Yakbein. Er nahm es und brachte es sehr zufrieden nach Hause. Die Mutter schaute es nachdenklich an und meinte dann: »So ist es auf der Welt. Du kennst doch das Sprichwort ›Wenn du einen Schritt gehst, bekommst du einen Mund voll Essen. Wenn du nur rumsitzt, dann wirst du an Hunger sterben.‹ Es ist also gut, wenn man sich etwas bewegt.«
Der Junge überlegte ein wenig, dann sagte er: »Vielleicht sollte ich losgehen und dieses Bein verkaufen, damit lässt sich bestimmt einiges verdienen.« Von diesem Vorschlag war die Mutter sehr angetan: »Das ist eine gute Idee! Wenn du dieses Yakfleisch verkaufst, kannst du ja mit dem verdienten Geld etwas anderes kaufen. Du bist dann ein richtiger Geschäftsmann.«

Also machte sich der Junge auf den Weg. Als er ein kleines Stück gegangen war, traf er auf einen Hund. Es war ein schwarzer Hund mit gelben Streifen, roten Beinen und einem braunen Gesicht. Der Junge fragte den Hund: »Möchtest du dieses Stück Fleisch kaufen?« Der Hund knurrte: »Grrrrrrr«, und es sah aus, als würde er lächeln. Daraus schloss der

Junge, dass sein Geknurre wohl »Ja« heißen sollte. »Gibst du mir dafür auch genug Geld?« Wieder machte der Hund »Grrrrrrr«, also meinte er wohl wieder »Ja«. »Wann wirst du mir denn das Geld geben? Wollen wir uns hier in einem Monat wiedertreffen?«, fragte der Junge erfreut. Wieder knurrte der Hund, und damit war der Junge zufrieden. Der Hund würde also das Fleisch nehmen, und er würde ihm in einem Monat eine gute Summe Geld zahlen. Also legte der Junge das Yakbein hin und ging zurück nach Hause. Der Hund schnappte sich das Fleisch und schleppte es davon.

Zu Hause fragte die Mutter: »Na, hast du das Yakbein verkauft?« »Oh ja, ich habe es verkauft, an jemanden mit roten Augen. Wir werden uns in einem Monat treffen, dann bezahlt er mich.« Nach diesen Worten machte es sich der Junge wieder gemütlich, legte seinen Kopf auf den Ärmel und schlief ein.

Einen Monat später erinnerte ihn seine Mutter: »Heute solltest du losgehen, um das Geld für das Yakfleisch zu holen.« »In Ordnung«, meinte der Junge und machte sich auf den Weg. Er kam zu der Stelle, wo er beim letzten Mal den Hund getroffen hatte. Er schaute sich in alle Himmelsrichtungen um, aber nirgends war jemand zu sehen. Der Junge setzte sich hin und wartete und wartete, den ganzen

Tag lang wartete er, doch es ließ sich kein Hund blicken. Endlich, gegen Abend, kam ein Hund angelaufen, der trug etwas im Maul. Der Junge rief: »He, komm her! Ich hab schon den ganzen Tag gewartet, du wolltest mich doch heute bezahlen!« Der Hund knurrte: »Grrrrrrr!« Der Junge antwortete ungeduldig: »Ich verstehe nicht, was du sagst! Gib mir endlich mein Geld.« Aber der Hund rannte davon. Voll Wut warf der Junge einen Stein nach ihm, er traf ihn auch, und vor Schreck ließ der Hund das fallen, was er im Maul getragen hatte. Der Junge hob es auf, es war ein kleiner Beutel mit ein paar Brocken darin. Er versuchte sie zu essen, aber sie waren viel zu hart. Schade, es war also nichts Essbares.

Enttäuscht ging der Junge nach Hause und gab den Beutel seiner Mutter. »Hier sind ein paar Steine, die mir der Hund gegeben hat, aber ich glaube, dass sie gar nichts wert sind.« Die Mutter schaute in den Beutel, und da sah sie lauter kostbare Edelsteine, unter anderem Türkise und Korallen, die sehr, sehr wertvoll waren. Sofort war der Mutter klar, dass diese Juwelen einer hochgestellten Person gehören mussten, wahrscheinlich sogar dem König selbst. Angestrengt überlegte sie, wie sie diesen Fund verheimlichen könnte. Ihr Sohn war ja leider sehr faul und auch nicht besonders klug, er würde sich bestimmt verplappern, wenn ihn jemand danach fragte. Sie musste also etwas unternehmen.

Als ihr Sohn am Abend zu Bett gegangen war, nähte die Mutter einen Beutel aus Ziegenhaut, wie man ihn für die Aufbewahrung von Flüssigkeiten benutzt. Diesen Beutel füllte sie mit reichlich Milch, hängte ihn über dem Kopf ihres Sohnes auf und stach ein kleines Loch hinein. Anschließend buk sie eine riesige Menge an Broten, die sie alle auf das Dach legte.
In der Nacht wachte der Junge auf und rief: »Mutter, mir tropft etwas auf mein Gesicht. Was ist das bloß?« Die Mutter antwortete: »Vielleicht ist es ein Milchregen? Probier doch mal, dann weißt du es.«
Der Junge leckte die Tropfen auf, und tatsächlich, sie schmeckten wie Milch. »Das ist toll! Ich brauche nur meinen Mund aufzumachen, und die Milch tropft direkt hinein!«, rief er begeistert und ließ sich die ganze Nacht über die Milch in seinen Mund tropfen.
Am nächsten Morgen sagte die Mutter: »Wenn es heute Nacht Milch geregnet hat, dann müsste es eigentlich auch einen Hagelschauer aus Broten gegeben haben. Sieh doch mal auf dem Dach nach!« Der Junge kletterte auf das Dach, und über-

rascht stellte er fest, dass dort tatsächlich lauter Brote lagen. Ganz aufgeregt kam er wieder herunter und rief: »So was! Heute Nacht hat es einen Milchregen gegeben und einen Hagelschauer aus Broten!«

Genau in diesem Moment klopfte es an der Tür, es waren Diener des Königs. Sie fragten: »Habt ihr vielleicht einen kleinen Beutel mit kostbaren Edelsteinen gefunden? Er ist verloren gegangen, wahrscheinlich hat ihn ein Hund weggeschleppt. Habt ihr etwas gesehen?« Der Junge nickte eifrig: »Ja, gestern war ein ganz besonderer Tag, da hat es auch Milch geregnet und Brote gehagelt!« Die Männer sahen sich erstaunt an und fragten: »Wovon redet dieser Junge?« Da erklärte ihnen die Mutter: »Ach, mein Sohn redet öfter solche Sachen, er ist nicht ganz richtig im Kopf.« Da zogen die Männer wieder ab, und Mutter und Sohn behielten die kostbaren Edelsteine.

Kurze Zeit später sagte der Sohn: »Jetzt will ich endlich mal etwas Richtiges tun. Wie wäre es mit Jagen? Mutter, besorge mir doch ein Pferd, Pfeil und Bogen, eine schöne Mütze, einen Anzug für Reiter und einen guten Jagdhund.« Froh über den Tatendrang ihres Sohnes ging die Mutter sogleich los und kam schon bald zurück mit einem Pferd, einem schönen Anzug, einer Fellmütze, Pfeil und Bogen und einem Hund. Gut ausgerüstet machte sich nun der Sohn auf den Weg. Er ritt lange Zeit, und endlich sah er einen Fuchs. »Diesen Fuchs werde ich jagen!«, sagte er sich. Er verfolgte ihn eine Weile, aber der Fuchs verschwand bald in einem Loch. Der Junge stieg vom Pferd und schaute in das Loch hinein. Da stellte er fest, dass es eine Höhle war, die noch einen zweiten Ausgang hatte. Diesen zweiten Ausgang musste er verschließen! Er nahm seine schöne Fellmütze und legte sie auf das zweite Loch. Währenddessen scheute sein Pferd und wollte weglaufen. Also nahm der Junge die Zügel und band sie um den Hals des Hundes, damit der Hund auf das Pferd aufpassen konnte. Dann zog er alle seine Kleider aus und legte sie zusammen mit dem Pfeil und dem Bogen auf den Rücken des Pferdes. Nackt wie er nun war, kroch er in die Höhle, um den Fuchs zu fangen. Aber kaum hatte er sich ein Stück weit hineingezwängt, da flitzte der Fuch aus dem anderen Loch heraus und lief, mit der Fellmütze auf dem Kopf, so schnell wie möglich davon. Sofort rannte der Hund hinter ihm her, und weil er die Zügel um seinen Hals hatte, galoppierte auch das Pferd mit. Als nun der Junge wieder aus dem Loch herausgekrabbelt war, sah er keinen Fuchs mehr, keinen Hund, kein Pferd, keinen Pfeil, keinen Bogen und auch keine Kleidung. Da stand er nun, völlig nackt und ganz verzweifelt. Weinend lief er los und fragte alle, die er traf: »Habt ihr einen Fuchs mit einer Fellmütze gesehen? Habt ihr einen Hund gesehen, der ein Pferd am Zügel führt? Habt ihr ein Pferd mit Pfeil und Bogen gesehen?« Da meinten die Leute: »Du bist doch verrückt!«, und sie gingen weiter, ohne ihm zu helfen.

Also lief er weiter, immer noch nackt und weinend. Nach einiger Zeit kam eine größere Gruppe auf ihn zu, es war eine Hochzeitsgesellschaft, die fröhlich und ausgelassen feierte. Als sie aber diesen nackten Kerl trafen, der so verrücktes Zeug redete, da wurden sie wütend. »Du verdirbst uns die ganze Stimmung! So nackt, wie du bist, und mit deinem Geheule, das ist überhaupt nicht passend für eine Feier!« Sie schlugen ihn mit Stöcken, um ihn zu vertreiben. Wütend riefen sie ihm hinterher: »Wehe, du heulst noch mal bei uns so rum!«

Was sollte der Junge nun tun? Er wollte nicht noch einmal einen solchen Ärger bekommen. Deshalb fing er an zu lachen, auch wenn er sich gar nicht danach fühlte. Er ging weiter, lachte vor sich hin und fragte alle Leute, die er traf, nach dem Fuchs und dem Hund und dem Pferd. Schließlich traf er auf einen Begräbniszug. Eine Familie hatte ihren Vater verloren, sie waren alle voller Kummer. Und da kam dieser Nackte, lachte ihnen ins Gesicht und redete verrücktes Zeug. Sie wurden sehr wütend, schlugen ihn und schrien ihn an: »Was soll dieses blöde Gerede und dieses blöde Gelache! Wenn du nicht den Mund hältst, dann kriegst du es mit uns zu tun!«

Ganz unglücklich ging der Junge weiter, und er sagte nun keinen Ton mehr. Da sah er in einiger Entfernung ein paar Nomaden, die winkten ihm ganz aufgeregt zu, denn auf der anderen Seite des Weges hatte gerade ein Wolf ihre Schafe angefallen. »Los, schrei ganz laut! Vertreib den Wolf!«, riefen sie. Aber er blieb stumm, und der Wolf schnappte sich ein Lamm und rannte davon. Wütend stürzten sich die Nomaden auf ihn und schlugen ihn. Dabei schimpften sie: »Du gemeiner Kerl! Warum hast du nicht gerufen? Dann hätte der Wolf bestimmt das Lamm losgelassen!«

Jetzt wusste der Junge überhaupt nicht mehr, was er tun sollte. Er konnte sein Pferd nicht finden, er konnte seinen Hund nicht finden, er konnte seine Kleidung nicht finden, und es wurde langsam dunkel. Da sah er einen großen Haufen von Yakfladen, und er kroch hinein und versteckte sich dort. Aber er bekam immer noch keine Ruhe, denn ein Schwein fing an, den Misthaufen zu beschnüffeln und stieß immer und immer wieder seine Nase hinein. Das machte den Jungen so wütend, dass er

schwor: »Das wirst du mir büßen! Ich werde dafür sorgen, dass du nicht überlebst!« Obwohl er so wütend war, schlief er nach einiger Zeit doch noch ein.
Als er am nächsten Morgen aufwachte, sah er dicht an seinem Misthaufen ein junges Mädchen vorbeigehen, die Tochter des Königs, der hier ganz in der Nähe lebte. Das Mädchen setzte sich eine Weile hin, ruhte sich ein wenig aus und ging dann weiter. An der Stelle, wo sie gesessen hatte, sah er etwas blinken. Schnell ging er darauf zu und sah, dass es ein riesengroßer Türkis war, der ihr aus dem Haar gefallen war. Kurz darauf kam ein Yak, das machte einen dicken Fladen direkt auf diesen Edelstein. Bald danach kam eine andere Frau, hob den Yakfladen auf und klatschte ihn an die Hauswand, damit er trocknen konnte. Denn getrocknete Yakfladen waren in Tibet das beste Brennmaterial.
Der Junge blieb in seinem Haufen von Yakfladen versteckt und beobachtete, was weiter geschah. Nach einiger Zeit sah er überall Menschen, die alle den verschwunden Türkis suchten, denn es war ein sehr teures und kostbares Stück. Sie konnten ihn nicht finden, also holten sie einige Wahrsager, die sagen sollten, wo sich der Türkis befindet. Die konnten es aber nicht sagen, deshalb ließen sie auch die verschiedensten Hellseher herbeirufen, aber nie-

mand konnte das Schmuckstück finden. Schließlich kroch der Junge aus seinem Misthaufen und erklärte selbstbewusst: »Ich bin ein berühmter Yogi, ich kann jeden verschwunden Gegenstand finden.« Alle hörten ganz erstaunt zu und fragten: »Brauchst du etwas dazu? Sollen wir dir etwas bringen, damit du unseren verlorenen Türkis finden kannst?« »Ich brauche zwei Dinge, erstens den Kopf eines Schweins und zweitens gute Kleidung«, sagte der Junge. Schnell wurde ihm beides gebracht. Der Junge steckte den Schweinekopf auf einen Stock, schmückte ihn mit vielen Dingen und tat dann so, als würde er einige heilige Zeremonien machen. Endlich ging er dann ganz langsam mit dem Stock, auf dem der Schweinekopf steckte, los und murmelte bei jedem Schritt: »Hier ist es nicht. Hier ist es nicht.« Er ging im ganzen Haus herum und flüsterte immerzu: »Hier ist es nicht. Hier ist es nicht. Hier ist es nicht.« Den Rest des Tages ging er draußen umher, und weiterhin murmelte er: »Hier ist es nicht. Hier ist es nicht. Hier ist es nicht.« Schließlich kam er zu dem Yakfladen, der an der Hauswand klebte. Er tippte auf den Fladen und sagte: »Hier ist es.« Sofort nahmen die Leute den Fladen von der Wand, und tatsächlich, darin steckte der kostbare Türkisschmuck! Damit war der Junge ein berühmter Mann geworden. Man nannte ihn nur den »Wahrsager mit dem Schweinekopf«, weil er für seine Wahrsagerei einen Schweinekopf benutzt hatte.

Da er nun berühmt war, wurde er sehr gut behandelt, er wurde auf einen hohen Stuhl gesetzt, und man gab ihm die besten Dinge zu essen und zu trinken. Eine ganze Weile lebte er dort sehr zufrieden. Aber eines Tages wurde der König krank. Er hatte furchtbare Schmerzen in einem Ohr, niemand konnte ihm helfen, und alle fürchteten, dass er sterben würde. Man holte den »Wahrsager mit dem Schweinekopf« an das Bett des Kranken, und er versuchte verschiedene Dinge, aber nichts half. Da bekam er Angst, dass man ihn bestrafen würde, wenn der König starb, und er beschloss daher wegzulaufen. In der Dunkelheit schlich er davon und versteckte sich.
Plötzlich hörte er hinter einem Baum jemanden flüstern. Es waren zwei Geister, die sich dort unterhielten. Als er genauer hinhörte, merkte er, dass sie über ihn sprachen. Der eine Geist sagte: »Dieser Wahrsager, der mit dem Schweinekopf, der scheint ja wirklich gut zu sein. Einmal habe ich in einem Stein gesessen und ein paar Formeln aufgesagt, da kam er vorbei, und plötzlich hat er gegen den Stein getreten, ich glaube, er hatte mich gehört.« Der andere Geist sagte: »So etwas Ähnliches habe ich

auch mit ihm erlebt. Mich hat er mal mit so einem ganz merkwürdigen Blick angesehen, ich glaube er hat mich auch erkannt.« Nun fragte der erste Geist: »Was ist eigentlich mit dem König los? Ist er sehr krank?« »Ach nein«, antwortete der andere, »das ist ganz harmlos. Dem ist nur ein winziges Insekt ins Ohr gekrochen, das ist alles.« »Und wie bekommt man dieses Insekt wieder aus dem Ohr heraus?«, fragte der erste Geist. »Da gibt es eine ganz einfache Methode. Der König muss sich mit dem Ohr auf ein Kissen legen, auf das Kissen tut man Wasser und etwas Baumwolle. Dann schlägt man über dem anderen Ohr ganz leicht eine Trommel. Das Insekt denkt, es wäre Sommer, weil es die Trommel für ein Sommergewitter hält, und es kriecht heraus.«

Als der Junge das gehört hatte, machte er sich gleich auf den Weg zurück zum Königshaus. Am nächsten Morgen erklärte er den Leuten: »Jetzt ist der richtige Zeitpunkt gekommen, um etwas für den König zu tun.« Aufgeregt fragten sie: »Was sollen wir dir bringen? Was brauchst du, um dem König zu helfen?« Da zählte er auf: »Ich brauche ein Kissen, eine Schale mit Wasser, etwas Baumwolle und eine kleine Handtrommel«. Schnell brachten sie alles herbei, und der Junge ging damit an das Krankenbett. Er legte das Kissen zurecht, tat Wasser und

Baumwolle darauf und sagte dem König, er solle das schmerzende Ohr darauflegen. Dann schlug er leicht auf die Trommel. Plötzlich kam das kleine Insekt aus dem Ohr gekrochen, der König fühlte sich gleich besser und war nach kurzer Zeit wieder ganz gesund. Alle waren sehr glücklich über die Genesung, und sie fragten den Jungen: »Was möchtest du als Belohnung haben? Du kannst dir wünschen, was du willst, du wirst es bekommen.« Der Junge dachte lange Zeit nach, aber ihm fiel einfach nichts ein. Schließlich erinnerte er sich, dass seine Mutter ihm früher oft aufgetragen hatte, Nasenringe aus Holz zu schnitzen, mit denen die Yaks geführt werden. Weil seine Ringe nie ordentlich wurden, hatte sie immer sehr mit ihm geschimpft. Also sagte er: »Jetzt weiß ich, was ich mir wünsche. Ich wünsche mir hundert hölzerne Nasenringe für die Yaks.« Die Leute konnten es gar nicht glauben. »Ist das wirklich alles, was du dir wünschst? Mehr nicht?«, fragten sie. Er blieb dabei, dass das sein einziger Wunsch sei. Also bekam er hundert hölzerne Nasenringe.

Mit diesen Ringen ging er zurück zu seiner Mutter. Stolz erzählte er von seinen Erlebnissen und zeigte ihr die Ringe. Die Mutter konnte es kaum glauben. »Du bist wirklich ein Trottel!«, schimpfte sie, »du hättest dir doch etwas viel Wertvolleres wünschen können!« Am nächsten Morgen machte sie sich auf den Weg zum König. Dort angekommen, sagte sie zu ihm: »Wie Ihr wisst, ist mein Sohn außergewöhnlich klug. Deshalb spricht er auch in einer so ausgewählten Sprache, dass man ihn manchmal schwer versteht. Als er sagte er wollte hundert Ringe, da hättet Ihr eigentlich verstehen müssen, dass er nicht nur die Ringe meinte, sondern auch die hundert Yaks, die an diesen Ringen geführt werden.« Der König war so dankbar für seine Rettung, dass er sofort einverstanden war, der Mutter hundert Yaks mitzugeben. Dadurch waren sie nun reich.

Zu guter letzt erhielt der Junge sogar noch die Tochter des Königs zur Frau, und sie lebten glücklich bis an das Ende ihrer Tage.

Der Menschenfresser

Es war einmal ein sehr großer, alter Menschenfresser, der in einer riesigen Höhle hauste. Alle hatten fürchterliche Angst vor ihm, denn er schleppte immer wieder Menschen in seine Höhle und fraß sie dort auf.
In einem Tal, nicht weit von der Höhle des Menschenfressers entfernt, lebte eine Frau mit ihrer kleinen Tochter. Jeden Morgen ging sie aus dem Haus, um in der Umgebung nach Tomas zu suchen, das sind kleine Süßkartoffeln, die in Tibet wild wachsen. Wenn sie das Haus verließ, dann schärfte sie ihrer Tochter ein, die Tür von innen zu verriegeln, und sie warnte sie: »Wenn jemand an die Tür klopft, dann darfst du niemals sofort aufmachen. Hier neben der Tür habe ich eine kleines Loch gelassen. Sag dem Besucher, er soll seine Hand durch dieses kleine Loch stecken. Wenn sie wie eine Menschenhand aussieht, die du kennst, darfst du die Tür aufmachen. Aber wenn die Hand stark behaart ist, ist es bestimmt der Menschenfresser, und dann darfst du nicht aufmachen.«

Das kleine Mädchen tat, wie die Mutter ihm geheißen hatte. Lange Zeit lebten die beiden sicher und glücklich. Eines Tages klopfte jemand an die Tür. Das Mädchen rief: »Wer ist da? Ich mache die Tür nur auf, wenn es meine Mutter ist oder jemand, den ich kenne.« Vor der Tür stand aber der Menschenfresser, der versuchte, das Mädchen zu täuschen. Er verstellte seine Stimme, so dass sie ganz hoch klang, und sagte ganz sanft: »Ich bin deine Mutter. Öffne die Tür, mein Kind.«
Das Kind antwortete: »Zeig mir zuerst deine Hand durch das kleine Loch neben der Tür, damit ich sehen kann, ob du wirklich meine Mutter bist.« Der Menschenfresser hielt seine Hand an das Loch, und das Mädchen bekam einen fürchterlichen Schreck. Es schrie: »Du bist nicht meine Mutter, deine Hand ist viel zu haarig!«
Mit einer ganz besonders freundlichen Stimme fragte der Menschenfresser: »Wie sieht denn die Hand deiner Mutter aus?« Das kleine Mädchen beruhigte sich ein bisschen und sagte: »Meine Mutter reibt ihre Hände mit Öl ein, sie sind ganz weich und glatt.«
Da bat der Menschenfresser: »Liebes Kind, könntest du mir vielleicht ein kleines Stück glühende Kohle von eurem Feuer geben und ein kleines bisschen Öl?«

Das Mädchen war unsicher, was sie tun sollte und dachte nach. Sie kam zu dem Schluss, dass sie die beiden Dinge dem Menschenfresser geben könnte, weil sie dabei die Tür nicht zu öffnen brauchte, und sie sagte: »Ja, das kann ich tun.«
Kurze Zeit später steckte sie etwas Glut und ein kleines mit Öl getränktes Tuch durch die Öffnung neben der Tür. Schnell ergriff das Ungeheuer diese Dinge und setzte sich ganz in der Nähe des Hauses hin. Mit Hilfe der Glut brannte er die Haare auf seiner Hand ab, anschließend rieb er sie mit dem Öl ein. Nun war seine Hand glatt und durch das Öl ganz geschmeidig geworden, und der Menschenfresser ging zurück zum Haus. Mit hoher und freundlicher Stimme rief er: »Liebes Kind, bitte mach die Tür auf, ich bin deine Mutter.« Das Mädchen antwortete: »Zeig mir zuerst deine Hand durch das Loch, damit ich sehen kann, ob du meine Mutter bist.« Die Hand, die sie nun durch das Loch sah, war weich und ölig, wie die ihrer Mutter. Sie sah nicht haarig aus wie die des Menschenfressers. Also sagte das Mädchen: »Ja, du bist wirklich meine Mutter«, und sie machte die Tür auf.
Kaum hatte sie die Tür geöffnet, da sah sie schon, dass es überhaupt nicht ihre Mutter war, die da stand, sondern der Menschenfresser. So schnell sie konnte, rannte sie ins Innere des Hauses, kletterte

an einem Pfosten hoch und versteckte sich auf den Dachbalken. Der Menschenfresser durchsuchte das ganze Haus, aber er konnte sie nicht finden: Er grummelte vor sich hin: »Wo steckt sie bloß! Sie kann schließlich nicht fliegen oder in der Erde verschwinden. Sie muss hier irgendwo sein!« Dann setzte er sich auf den Boden und wartete.

Kaum hatte er sich hingesetzt, da entfuhr ihm ein lauter Furz. Jetzt konnte sich das kleine Mädchen nicht mehr beherrschen und sie musste kichern. Natürlich hörte das der Menschenfresser. Er schaute nach oben und sah sie versteckt hinter einem Dachbalken sitzen. Er wollte das Mädchen packen, aber er war nicht groß genug, um sie ergreifen zu können. Da knurrte er: »Wie bist du da heraufgekommen? Wenn du es mir nicht sofort sagst, dann werde ich dich in Stücke reißen und sofort ganz auffressen!«

Das Mädchen verkroch sich noch weiter hinter dem Balken und antwortete: »Ich habe eine Nadel auf die andere gelegt, so bin ich hier heraufgekommen.« Da versuchte der Menschenfresser, eine Nadel auf die andere zu legen, um an sie heranzukommen. Aber das klappte nicht.

Nun wurde das Ungeheuer noch wütender und sagte drohend: »Wie bist du da heraufgekommen? Wenn du es mir nicht sofort sagst, dann reiße ich dir

Arme und Beine aus und fresse dich auf!« Das Mädchen antwortete: »Ich habe eine Tasse auf die andere getan, so bin ich hier heraufgekommen.« Also stellte der Menschenfresser eine Tasse auf die andere, aber als er versuchte hochzuklettern, da fiel er hin.

Dadurch wurde er noch wütender. Er schrie: »Wenn du mir nicht sofort sagst, wie du da hochgekommen bist, dann werde ich das ganze Haus Stück für Stück auseinandernehmen!« Das Mädchen antwortete: »Ich habe einen Eimer auf den anderen gestellt, so bin ich hier heraufgekommen«. Da passierte das Unglück. Der Menschenfresser stellte sich auf die Eimer und konnte das Mädchen packen. Er steckte es in einen Sack, warf ihn über die Schulter und lief in seine Höhle zurück.

Am Abend kam die Mutter nach Hause, und sie sah sofort, dass ihre Tochter nicht da war. Die Tür stand offen und im Haus stank es ganz fürchterlich. Da war ihr gleich klar, dass der Menschenfresser ihre Tochter gestohlen hatte. Schnell nahm sie einen Beutel voll Tsampa, dem gerösteten Gerstenmehl, und vermischte es mit reichlich Butter, damit es schön lecker und nahrhaft wurde. Dann verließ sie das Haus und machte sich auf die Suche, dabei rief sie immerzu laut nach ihrem Kind.

Auf dem Weg nicht weit vom Haus traf sie Forok,

den Raben. Forok fragte: »Wo gehst du hin? Und warum rufst du die ganze Zeit?« Die Mutter erzählte es ihm: »Ich habe mein Kind verloren. Der Menschenfresser hat meine Tochter geraubt, und jetzt bin ich auf der Suche nach ihr.«
Da sagte der Rabe: »Gib mir doch etwas von deinem Tsampa, dann werde ich dir helfen.« Sie gab ihm etwas Tsampa, und er aß es schnell auf. Dann machten sie sich zusammen auf den Weg.
Nach einer Weile trafen sie Wamo, die Füchsin. Wamo fragte: »Wo geht ihr beiden denn hin? Und warum ruft ihr die ganze Zeit?« Die Mutter erzählte es ihr: »Ich habe mein Kind verloren. Der Menschenfresser hat sie geraubt, und jetzt sind wir auf der Suche nach ihr.«
Da sagte die Füchsin: »Gib mir doch etwas von deinem Tsampa, dann werde ich auch mitgehen.« Sie gab ihr etwas Tsampa, und dann gingen sie zu dritt weiter, um das geraubte Mädchen zu suchen.
Ziemlich lange waren sie rufend umhergelaufen, als sie Lanku, den Wolf, trafen. Lanku sah sie und fragte: »Wo geht ihr drei denn hin? Und warum seht ihr so verzweifelt aus und ruft immerzu?« Die Mutter erzählte es ihm: »Der Menschenfresser hat meine Tochter geraubt. Wir sind auf der Suche nach ihr, um sie zurückzuholen.«

Da sagte der Wolf: »Wie schrecklich! Wenn du mir etwas Tsampa gibst, dann werde ich auch mitgehen.« Sie gab ihm etwas Tsampa, und dann gingen alle vier weiter, um nach dem kleinen Mädchen zu suchen.
Langsam näherten sie sich der Höhle, in der der Menschenfresser lebte. Sie mussten klug vorgehen, um das Kind zu retten. Denn auch gemeinsam waren sie nicht stark genug, um dieses Ungeheuer im Kampf zu besiegen. Nach langen Diskussionen entwickelten sie schließlich einen überaus genialen Plan.
In der Nähe der Höhle hielt der Menschenfresser seine Schafherde. Nun sprang Lanku, der Wolf, über den Zaun und jagte die Schafe. Die machten natürlich einen fürchterlichen Lärm. Als der Menschenfresser das hörte, kam er aus seiner Höhle heraus. Er sah den Wolf mitten in seiner Schafherde, und rannte herbei, um ihn zu erwischen.
Er war gerade ein Stück hinter dem Wolf hergelaufen, da hörte er plötzlich Forok, den Raben, der in einiger Entfernung ein Riesenspektakel machte und auf etwas herumsprang, was wie der Kadaver eines toten Fuchses aussah. Sofort dachte der Menschenfresser: »Den Wolf kann ich auch an einem anderen Tag erwischen. Erstmal sollte ich mir dieses Fuchsfell sichern, bevor irgendwelche Tiere

alles auffressen.« Also ging er in die Richtung, in der der Fuchs lag. Aber kaum kam er näher, da flog Forok davon und die Füchsin sprang auf und rannte schnell wie der Wind von dannen. Sie lief so schnell, dass der Menschenfresser bald merkte, dass er sie nicht einholen konnte.

Während der Menschenfresser noch hinter dem Fuchs herlief, ging die Mutter mit Lanku in die Höhle. Sie suchten überall, und schließlich fanden sie das kleine Mädchen in einem Sack, der an der Decke hing. Schnell holten sie ihn herunter und befreiten das Mädchen. Anschließend steckten sie Eis und Dornenzweige in den Sack und hängten ihn wieder an genau die Stelle, an der sie ihn gefunden hatten. Nun fielen sie sich in die Arme und weinten vor Erleichterung. Aber sie durften keine Zeit verlieren. Schnell verließen sie die Höhle und liefen, bis sie in Sicherheit waren.

Müde und erschöpft kehrte der Menschenfresser von seiner vergeblichen Jagd zurück. In seiner Höhle machte er sich erst einmal ein Feuer und dachte: »All dieses Herumgerenne hat mich richtig hungrig gemacht. Jetzt werde ich mir dieses kleine Mädchen kochen, das gibt ein gutes Essen.« Inzwischen war es durch das Feuer warm geworden, das Eis im Sack begann zu schmelzen und Wassertropfen fielen direkt auf den Kopf des Menschenfressers. Wutentbrannt schrie er: »Bist du das, du kleines Mädchen? Pinkelst du mir etwa auf meinen Kopf? Wenn du nicht sofort aufhörst, dann reiße ich dich in Stücke und fresse dich roh.« Aber es fielen nur noch mehr Wassertropfen auf den Kopf des Menschenfressers. Schnaubend vor Wut riss er den Sack von der Decke und steckte seine Hand hinein, um das freche kleine Mädchen zu packen. Aber statt eines kleinen Kindes ergriff er einen Haufen Dornenzweige. Er schrie: »Au, au, au, au!« und sprang vor Schmerzen auf und ab. Dabei versuchte er, die Dornen aus seiner verletzten Hand zu ziehen. Voller Zorn dachte er: »Das ist bestimmt ein Trick von dieser Füchsin. Der werde ich es zeigen!« Sogleich verließ er seine Höhle und machte sich auf die Suche nach ihr.

Nach einigen Tagen vergeblicher Suche sah er Wamo in der Nähe des Flusses. Als Wamo den aufgebrachten Menschenfresser auf sich zukommen sah, war ihr klar, dass er sie bestrafen wollte. Also fing sie an, Sand zu sieben. Der Menschenfresser baute sich vor ihr auf und brüllte sie an: »Du gemeine Füchsin! Du hast mich um meinen Fang betrogen. Du hast mir das kleine Mädchen gestohlen! Dafür werde ich dich töten, ich werde dich in tausend Stücke reißen!« Die Füchsin tat so, als wüsste sie überhaupt nicht, worüber er sich so aufregte. Sie sagte ganz ruhig: » Es gibt tausend Füchse auf dieser Seite des Berges und tausend Füchse auf der anderen Seite des Berges. Woher soll ich wissen, was passiert ist? Ich habe mich noch nie weit vom Fluss entfernt, ich bin nämlich Tschu Khi Wamo Sche Scharma, die Füchsin des Flusses, die Sand siebt. Kennst du mich nicht?«

Der Menschenfresser war so fasziniert von dem, was sie sagte, dass er ihren Worten glaubte. »Warum siebst du den Sand?«, fragte er neugierig. »Bitte zeig mir doch, wie man das macht.« »Na gut«, antwortete Wamo, »ich werde dir beibringen, wie man Sand siebt. Als Erstes musst du dich hier am Flussufer auf den Rücken legen und dabei deinen Mund und deine Augen weit aufmachen.« Der Menschenfresser tat genau das, was sie gesagt hatte. Er legte sich ans Ufer und hielt Mund und Augen weit offen. Sofort nahm Wamo einen Korb voll Sand, den schüttete sie ihm ins Gesicht und rannte davon.

Überall hatte der Menschenfresser nun Sand: im Mund, in den Augen, in der Nase, in den Ohren und an allen möglichen anderen Stellen. Es war sehr schwierig, all diesen Sand zu entfernen, und es dauerte eine lange Zeit. Als er endlich sauber war, machte er sich wieder auf die Suche nach dieser Füchsin, die ihn zweimal hereingelegt hatte. Das erste Mal, als sie ihm das kleine Mädchen weg-

genommen hatte, und das zweite Mal, als sie ihm Sand ins Gesicht geschüttet hatte.
Viele Tage suchte der Menschenfresser, bis er die Füchsin schließlich zwischen einigen Felsen entdeckte. Als Wamo ihn auf sich zustapfen sah, fing sie an, auf einem Felsen Klebemasse herzustellen. Der Menschenfresser kam heraufgerannt und keuchte außer Atem: »Du bist diese böse, gemeine Füchsin, die mich zweimal hereingelegt hat. Diesmal werde ich dich fressen, bevor du noch irgendetwas sagen kannst!« Aber Wamo blieb ganz unbeeindruckt und sagte mit großer Gelassenheit: »Worum geht es überhaupt? Es gibt Tausende von Füchsen auf dieser Seite des Berges und Tausende von Füchsen auf der anderen Seite des Berges. Ich werde Ta Schab Wamo Schin Scharma genannt, die Füchsin, die auf einem Berg Klebemasse herstellt.«
Bei diesen Worten beruhigte sich der Menschenfresser, und er sagte: »Ich würde so gern wissen, wie man Klebe macht. Könntest du es mir beibringen?« Die Füchsin antwortete: »Na gut, das kann ich machen.« Sie tat ganz viel Klebe auf einen großen Felsen, dann sagte sie: »Als Erstes musst du die Augen schließen und dich ganz ruhig hier hinsetzen.« Also schloss er die Augen und setzte sich auf den Felsen mit der Klebe. Und während er so dasaß

und auf weitere Anweisungen wartete, rannte Wamo schnell weg.
Nach einiger Zeit öffnete der Menschenfresser die Augen und sah sich um, doch da war niemand. Als er aber aufstehen wollte, da merkte er, dass er festklebte. Es war sehr schwierig, sich von diesem Felsen zu befreien. Als er sich nach vielen Anstrengungen endlich vom Felsen losmachen konnte, da klebten alle Haare seines Hinterteils auf dem Gestein. Wütend machte er sich auf die Suche nach der Füchsin, die ihn dreimal hereingelegt hatte: Zum ersten Mal, als sie ihm das kleine Mädchen weggenommen hatte, zum zweiten Mal, als sie Sand in sein Gesicht geschüttet hatte, und zum dritten Mal, als sie ihn am Felsen festgeklebt hatte.
Nach langer Suche sah er die Füchsin schließlich hoch oben über einem sehr steilen Abhang. Als Wamo den Menschenfresser auf sich zukommen sah, fing sie an, aus Zweigen und kleinen Ästen einen Korb zu flechten. Schäumend vor Wut kam er auf sie zugerannt. Er brüllte: »Jetzt werde ich dich in tausend Stücke reißen und dich auffressen. Du hast mich dreimal reingelegt!« Wamo blieb völlig unbeeindruckt von diesen Worten und antwortete: »Wie kannst du nur so etwas sagen. Es gibt Tausende von Füchsen auf dieser Seite des Berges und Tausende von Füchsen auf der anderen Seite des

Berges. Ich werde Ta Tho Wamo Bam Le Ma genannt, die Füchsin, die Körbe macht.«
Wieder beruhigte sich der Menschenfresser ein wenig und fragte neugierig: »Bist du ganz sicher, dass du nicht diese bösartige, gemeine Füchsin bist, nach der ich suche?« Wamo antwortete: »Da bin ich ganz sicher.«
Da fragte der Menschenfresser: »Könntest du mir vielleicht beibringen, wie man Körbe flicht? Der, den du da machst, ist wirklich sehr schön.« »Natürlich kann ich das«, sagte Wamo, »aber als Erstes musst du dich in diesen Korb hineinsetzen, und dann werde ich dir beibringen, wie du sie machen kannst.« Also setzte er sich in den Korb, und Wamo flocht die Seiten des Korbes immer höher und immer enger, bis nur noch sein Kopf herausragte. Als der Korb bis zum Hals reichte, stieß Wamo ihn den Abhang hinunter. Er rollte ganz hinab und fiel schließlich in den Fluss, wo er unterging. Nachdem nun der Menschenfresser tot war, konnten alle Menschen und Tiere in der Gegend endlich wieder glücklich und zufrieden leben.

Die Suche nach der richtigen Braut

Lonpo Gar, der überall für seine Klugheit bekannt war, hatte einen Sohn, der leider ziemlich dumm war. Für diesen Sohn wollte Lonpo Gar eine kluge und geschickte Braut finden, denn sonst würde sein Sohn in der Welt sicher nicht gut zurechtkommen. Bisher war ihm aber noch keine Frau begegnet, die seinen Ansprüchen genügte. Also schmiedete er einen Plan, wie sein Sohn eine geeignete Frau finden könnte.

Eines Tages rief er seinen Sohn zu sich, gab ihm hundert männliche Schafe und sagte: »Hier nimm diese Schafe und zieh mit ihnen los. Komm erst zurück, wenn du hundert Beutel mit Gerste hast. Jedes Schaf soll einen auf dem Rücken tragen. Dafür darfst du aber kein einziges Schaf verkaufen, du darfst auch kein Schaf verleihen oder töten. Wenn du nicht innerhalb von einer Woche wiederkommst, dann will ich dich hier nie wieder sehen.«

Der Sohn gehorchte den Wünschen seines Vaters und zog schon am nächsten Morgen mit den hundert Schafen los. Er ging direkt zum Markt, aber weil er seine Schafe weder verkaufen noch verleihen noch töten durfte, und weil er kein Geld bei sich hatte, konnte er nicht einmal ein winziges Beutelchen mit Gerste erwerben. Er wusste nicht, was er tun sollte. Schließlich verließ er mit seinen Schafen den Markt und setzte sich unglücklich an eine Wegkreuzung.

Nach einiger Zeit kam ein wunderschönes junges Mädchen den Weg entlang. Als sie Gars Sohn dort sitzen sah, blieb sie stehen und beobachtete ihn eine Weile. Er rührte sich nicht, nur manchmal seufzte er tief. Schließlich ging sie zu ihm und fragte: »Warum lässt du den Kopf so tief hängen und warum seufzt du so laut, und überhaupt: Warum sitzt du hier schon so lange? Was ist los mit dir?«
Da erzählte Lonpo Gars Sohn ihr von der Aufgabe, die sein Vater ihm gestellt hatte, und dass er es nicht geschafft hatte, sie zu erfüllen. Nachdem sie seine Geschichte gehört hatte, meinte sie: »Du brauchst nicht so hoffnungslos herumzusitzen. Ich habe eine Lösung für dein Problem.«
Sie nahm den Jungen und seine Schafherde mit zu sich nach Hause und schor alle hundert Schafe. Diese Wolle verkaufte sie auf dem Markt und kaufte von dem Erlös Gerste. Dann nähte sie hundert Beutel, in die sie die Gerste füllte. Diese band sie auf die

Rücken der Schafe und schickte ihn zurück zu seinem Vater.
Der Vater war überrascht, dass sein Sohn so schnell mit der Gerste nach Hause zurückkehrte. Er fragte: »Was ist geschehen? Wer hat dir geholfen, diese Aufgabe zu erfüllen?« Einfältig wie der Sohn nun einmal war, erzählte er seinem Vater ganz genau, was passiert war.
Am nächsten Tag rief Lonpo Gar seinen Sohn wieder zu sich und sagte: »Geh diesmal mit den hundert geschorenen Schafen los, und bring wieder hundert Beutel mit Gerste zurück. Du musst es schaffen, ohne sie zu verkaufen, zu verleihen oder zu töten. Wenn du nicht innerhalb von einer Woche zurückkommst, dann werde ich dir nicht erlauben, jemals wiederzukommen.«
Diesmal ging der Junge direkt zur Wegkreuzung, an der er die junge Frau getroffen hatte, setzte sich auf einen Stein und wartete. Nach einer Weile kam die junge Frau vorbei, die ihm so sehr geholfen hatte. Wieder erzählte er ihr von der Forderung seines Vaters und seufzte: »Jetzt gibt es nicht einmal mehr Wolle, die man verkaufen könnte! Diesmal gibt es keine Möglichkeit, die Aufgabe zu schaffen. Ich bin sehr unglücklich, denn ich werde mein Zuhause niemals wiedersehen.«
Die junge Frau hatte Mitleid mit ihm, dachte eine

Weile nach und sagte dann: »Mach dir nicht so viele Sorgen. Es wird schon einen Weg geben, dieses Problem zu lösen.«
Wieder nahm sie den Jungen und seine Schafherde mit zu sich nach Hause. Dann sägte sie allen Schafen die Hörner ab und schnitzte aus den Hörnern Griffe für Messer und andere wunderschöne Dinge. Mit dem Geld, das sie durch den Verkauf der Schnitzereien verdiente, kaufte sie Gerste.
Sie nähte Beutel, füllte sie mit Gerste, lud die Beutel auf die Schafe und schickte ihn zurück zu seinem Vater.
Der Vater war wieder sehr erstaunt, dass sein Sohn so schnell nach Hause kam, und er fragte, was geschehen war. Wieder erzählte der Sohn ganz genau, wie das Mädchen ihm geholfen hatte. Nachdem Lonpo Gar die Geschichte gehört hatte, sagte er: »Du musst zu der jungen Frau gehen, die dir all diese Dinge beigebracht hat, und sie fragen, ob sie schlau genug ist, um ein zehn Meter langes Seil aus Asche herzustellen und zu diesem Haus zu tragen.«
Sogleich ging der Junge zu dem Mädchen und überbrachte ihr die Nachricht seines Vaters. Sie antwortete darauf: »Geh zurück zu deinem Vater und sage ihm, dass ich dieses Seil aus Asche herstellen kann. Ich werde es aber nur dann tun, wenn er es wirklich

benutzt.« Der Junge ging zurück zu seinem Vater und berichtete ihm von der Bedingung der jungen Frau, und Lonpo Gar versprach, dass er das Seil aus Asche wirklich benutzen würde, wenn sie es schaffte, es herzustellen.
Als der Junge zurückkam, hatte das Mädchen sich schon überlegt, wie sie die Aufgabe lösen konnte. Sie flocht ein zehn Meter langes Seil aus Stroh und legte es auf eine sehr große, flache Steinplatte. Dann zündete sie das Stroh an, und als das Feuer heruntergebrannt war, blieb nur noch ein zehn Meter langes Seil aus Asche zurück. Die beiden trugen die Steinplatte mit dem Seil aus Asche ganz vorsichtig zu Lonpo Gars Haus. Die junge Frau sagte: »Ich habe das Seil aus Asche hergestellt. Nun musst du es auch benutzen.« Natürlich konnte Lonpo Gar das Seil nicht benutzen, er schämte sich und ließ den Kopf hängen. Aber gleichzeitig freute er sich riesig, denn dies war genau so eine Frau, wie er es sich gewünscht hatte. Also machte er sie zur Braut seines Sohnes, und die beiden lebten glücklich zusammen bis an das Ende ihrer Tage.

Wie der Hase seine drei Freunde hereinlegte

Es waren einmal vier gute Freunde: der Hase Ribong, der Wolf Schanku, die Füchsin Wamo und der Rabe Forok. Oft gingen sie zusammen in die Berge und suchten sich etwas zu fressen und zu trinken, oder taten Dinge, die sonst noch interessant waren. Sie waren allesamt ziemlich hinterhältig und listig, und der Hase Ribong war der Gerissenste von allen. Ihre Lieblingsbeschäftigung war es andere auszurauben.

Eines Tages waren sie wieder einmal auf einem ihrer Beutezüge unterwegs. Doch sie hatten bisher kein Glück gehabt, seit Tagen war ihnen niemand über den Weg gelaufen. Endlich sahen sie in der Ferne einen Wanderer daherkommen. Er trug einen großen Rucksack auf dem Rücken und schien auf einer Pilgerreise nach Lhasa zu sein. Die vier Freunde wussten genau, dass sich in Tibet jeder Mensch darum bemüht, wenigstens einmal im Leben nach Lhasa zu pilgern, denn dort befindet sich das größte und berühmteste Heiligtum des Landes. Und sie wussten auch, dass diese Pilger meistens wertvolle Dinge bei sich trugen, die sie den Lamas als Opfergabe schenken wollten, damit diese Gebete für sie sprachen. Es würde sich bestimmt lohnen, den Rucksack zu stehlen! Voller Begeisterung schmiedeten sie einen Plan, wie sie den Pilger in eine Falle locken könnten.

Als der Pilger näher kam, legte sich Wamo, die Füchsin, an das Flussufer und tat so, als wäre sie tot. Gleichzeitig flatterte Forok wild umher und krächzte dabei möglichst laut herum, um den Pilger auf die Füchsin aufmerksam zu machen. Schließlich bemerkte der Pilger, dass eine tote Füchsin am Ufer des Flusses lag, und er dachte: »Was habe ich heute für ein Glück! Aus dem Fell der Füchsin werde ich mir einen Hut nähen, und wenn ich später auf meiner Reise etwas brauche, dann kann ich diesen Hut verkaufen.« Er stellte seinen Rucksack am Wegrand ab und kletterte vorsichtig den steilen Hang zum Flussufer hinunter. Als er endlich dort angekommen war, konnte er die Füchsin allerdings nicht mehr finden, denn Wamo hatte sich schon längst davongeschlichen.

Währenddessen schnappten sich Ribong und Schanku den Rucksack und schleppten ihn in ein Versteck. Die vier Räuber konnten es kaum abwarten, die Beute aufzuteilen. Sie rissen den Sack auf und warfen den Inhalt Stück für Stück auf den

Boden. Ihre Hoffnungen wurden aber ziemlich enttäuscht, denn in dem Rucksack war nicht viel: Als Erstes fanden sie ein Paar Schuhe mit besonders harter Sohle, wie sie die Pilger oft tragen. Das Nächste war eine Mala, das ist eine Gebetskette mit 108 Perlen. Sie fanden auch noch eine Glocke, und ganz zum Schluss, tief unten im Sack, einige Kleinigkeiten zum Essen.
Nachdem sie alles vor sich ausgebreitet und angeschaut hatten, entzündete sich ein Streit darüber, wie sie die Beute aufteilen sollten. Schließlich sagte der Hase: »So werden wir nie eine Lösung finden. Ich schlage vor, dass ich die Entscheidung treffe, schließlich bin ich der Älteste.« Die anderen waren einverstanden.
Ribong gab nun als Erstes die Schuhe mit den harten Sohlen an Schanku, den Wolf, und sagte: »Die brauchst du am nötigsten. Du solltest sie tragen, wenn du nachts in den Schafstall schleichst, denn dann kannst du viele Schafe schnappen und ganz schnell wegrennen, auch wenn der Weg sehr steinig und die Nacht sehr dunkel ist. Dies ist das Beste für dich.«
Als Nächstes gab er die Mala an Forok und sagte: »Die brauchst du am nötigsten. Du solltest sie tragen, weil du ein ziemlich religiöser Vogel bist. Damit fliegst du am besten zu den Zelten der

Nomaden und setzt dich dort auf eine Zeltstange. Wenn du dann rufst, denken die Leute, dass du Gebete sprichst, und sie werden dir Opfergaben bringen. Dies ist das Beste für dich.«
Danach gab er dem Fuchs die Glocke und sagte: »Die brauchst du am nötigsten. Deine vielen Kinder schreien immerzu. Wenn du mit der Glocke läutest, werden sie bestimmt mit dem Geschrei aufhören. Dies ist das Beste für dich.«
Zum Schluss meinte Ribong: »Jetzt sind nur noch ein paar ganz unwichtige Dinge übrig geblieben, nur einige Krümel von Essen, die werde ich dann nehmen.«
Alle stimmten Ribongs Entscheidung zu, denn jeder dachte, er hätte den wertvollsten Gegenstand bekommen. So gingen sie nach dem erfolgreichen Raubzug zufrieden nach Hause.
Am nächsten Morgen trafen sich Schanku, Forok und Wamo. Sie waren alle auf dem Weg zu Ribongs Haus und waren unglaublich wütend. Nachdem sie miteinander gesprochen hatten, wurde ihre Wut sogar noch größer.
Schanku sagte: »Dieser gemeine Hase! Er behauptet, er wäre mein Freund, und dann tut er mir so etwas Furchtbares an! Gestern Abend habe ich die Schuhe des Pilgers angezogen und wollte mich in den Schafstall schleichen. Aber weil die Schuhe so

hart sind, haben mich die Hunde sofort gehört. Sie rannten hinter mir her, und mit den glatten und rutschigen Sohlen bin ich gestolpert und hingefallen. Die Hunde haben sich auf mich gestürzt und gebissen. Dann kamen auch noch Männer mit Stöcken. Die haben mich so schrecklich verprügelt, dass ich fast gestorben wäre. Ich kann froh sein, dass ich überhaupt entkommen konnte. An all dem ist Ribong schuld mit seinem schlechten Rat. Ich werde diesen Hasen umbringen!«

Forok war nicht weniger wütend: »Genauso schlecht ist es mir ergangen. Ich bin mit der Mala zu den Zelten der Nomaden geflogen, habe mich auf eine Zeltstange gesetzt und angefangen zu rufen. Als die Leute mich mit meiner Mala dort sitzen sahen, kamen sie alle angerannt. Aber nicht, um mir Geschenke zu bringen, sondern um mich zu fangen und umzubringen! Ich wollte wegfliegen, aber die Mala hat sich in den Seilen des Zeltes verfangen und ich war gefesselt. Die Kinder der Familie haben mich so gequält, dass ich fast gestorben wäre. Nur mit Mühe konnte ich ihnen überhaupt entkommen. Das ist alles Ribongs Schuld. Ich werde hingehen und ihn für diesen schlechten Rat bestrafen!«

Wamo sagte: »Eure Geschichten sind wirklich traurig, aber bei mir war es am schlimmsten. Ich kam mit meiner Glocke nach Hause, und die Kinder schrien wieder fürchterlich, deshalb läutete ich ganz kräftig. Die Glocke war so laut, dass die Kinder vor Schreck einen Herzschlag bekamen und starben. All meine wunderbaren Kinder sind tot, und daran ist nur Ribong schuld. Ich werde hingehen und ihn zu einem Kampf auf Leben oder Tod herausfordern, es kann nur einer von uns überleben, entweder er oder ich!«

Mit jeder schrecklichen Geschichte, die sie hörten, wuchs der Zorn der drei Freunde, und grimmig marschierten sie zu Ribongs Haus, dabei schrien sie laut: »Dafür werden wir dich bestrafen!« Schon von weitem hörte Ribong ihre wütenden Rufe und er fürchtete um sein Leben. Vor lauter Angst fiel ihm nichts ein, was er tun könnte. Als sie schon ganz nah herangekommen waren, kam ihm endlich eine Idee: Er griff nach einem scharfen Stein und ritzte sich damit in die Oberlippe, so dass Blut von der Wunde auf sein Kinn tropfte. Dann setzte er sich an den Eingang seiner kleinen Höhle und fing an, bitterlich zu weinen.

Die drei Freunde starrten Ribong verwundert an. Ihre Wut legte sich ein klein wenig, und sie fragten: »Was ist denn mit dir passiert?« Sofort klagte er: »Oh, mir ist etwas ganz Furchtbares passiert. Hoffentlich ist euch nicht auch etwas zugestoßen! Wahrscheinlich war der Pilger, den wir überfallen haben, ein böser Zauberer. Ich habe nur ein bisschen von dem gegessen, was in seinem Rucksack war, und schon ist meine Lippe aufgeplatzt. Seht doch bloß, wie das Blut herunterläuft!«

Ribong hörte sich so überzeugend an, dass sie ihm seine Geschichte glaubten, und gleich war ihr ganzer Ärger verflogen. Statt ihn zu beschimpfen, sagten sie: »Wahrscheinlich hast du Recht! Uns ist es nämlich auch sehr schlecht ergangen.« Sie erzählten ihre traurigen Erlebnisse, und sie machten jetzt nicht mehr Ribong, sondern den Pilger dafür verantwortlich.

Es war Ribong damit gelungen, seine Freunde zu betrügen und sein Leben zu retten, aber seine Lippe blieb gespalten.

Frau Fettkloss und Herr Fleischklops

In Tibet lebte einmal ein Ehepaar, die Frau hieß Silulu, das bedeutet Fettkloß, der Mann hieß Schapopo, was soviel wie Fleischklops heißt. Sie waren Nomaden, zogen mit ihren Yaks von einem Platz zum anderen, und wo immer ihre Tiere in der Umgebung etwas Gras zum Fressen fanden, da ließen sie sich nieder. Tagsüber hütete Schapopo die Tiere und suchte gute Weideplätze für sie, Silulu blieb im Zelt und machte die Hausarbeit. Obwohl beide hart arbeiteten, waren sie sehr arm, und oft fehlten die notwendigsten Dinge, um ein richtiges Essen zu kochen. Manchmal hatten sie nicht einmal Tsampa und Butter. Wenn Schapopo aber nach einem langen Tag draußen auf den Weiden abends nach Hause kam, bekam er dennoch jedes Mal ein schönes Essen, mit reichlich Fett zubereitet. Schapopo war ganz begeistert von den Kochkünsten seiner Frau, das Essen war wirklich lecker und schmeckte vorzüglich. Er konnte sich aber überhaupt nicht erklären, wie sie diese Mahlzeiten zustande brachte. Oft murmelte Schapopo vor sich hin:

»Da stimmt doch etwas nicht! Woher bekommt Silulu bloß das Fett? Wir haben doch gar keine Butter im Haus!«
Eines Tages beschloss Schapopo, seine Yaks diesmal nicht zu einer Wiese hoch oben in den Bergen zu führen. Er trieb sie nur ein kleines Stück weit und kehrte dann heimlich zurück. Er kroch hinter das Zelt aus Yakhaar, hob ganz vorsichtig einen Zipfel hoch und beobachtete, was seine Frau dort drinnen tat. Zuerst geschah nichts Ungewöhnliches: Silulu machte Feuer und stellte dann die große Bratpfanne darauf. Aber was dann geschah, das war so ungeheuerlich und so entsetzlich, dass er kaum hinsehen konnte: Silulu zog sich plötzlich aus, sprang nackt in die Bratpfanne und rollte sich ein- oder zweimal hin und her. Als sie wieder aus der Pfanne herausstieg, war diese voller Fett, denn schließlich war Silulu ja ein Fettkloß! Sie zog sich schnell wieder an und bereitete mit all dem schönen Fett und einigen anderen Zutaten ein köstliches Essen.
Nachdem Schapopo sich von dem Anblick seiner Frau, die sich in der heißen Pfanne gewälzt hatte, erholt hatte, dachte er nach: »Es ist eigentlich sehr ungerecht. Ich arbeite hart von Sonnenaufgang bis Sonnenuntergang draußen auf den Weiden, und Silulu braucht nur das bisschen Hausarbeit zu tun. Vielleicht sollte ich mit ihr tauschen?«

Gleich am nächsten Morgen sagte Schapopo zu Silulu: »Heute kannst du mal mit den Yaks zu den Weideplätzen gehen. Ich möchte auch einmal im Zelt bleiben und die Hausarbeit machen.« Silulu protestierte heftig, denn ihr war klar, dass dieser Tausch Probleme bringen würde. Aber Schapopo blieb starrsinnig und hörte nicht auf sie. Er bestand darauf, dass sie mit den Yaks in die Berge gehen sollte.

Nachdem Silulu widerstrebend losgezogen war, machte sich Schapopo daran, das Essen zu kochen. Er versuchte, es genauso zu tun, wie er es bei Silulu gesehen hatte: Zuerst machte er ein Feuer, dann stellte er die Bratpfanne darauf und wartete ein bisschen, bis sie richtig heiß war. Schließlich zog er seine Kleider aus und sprang nackt in die Pfanne. Aber er war nun mal kein Fettkloß, sondern ein Fleischklops! Er blieb er an der Pfanne kleben und verbrannte.

Als Silulu abends aus den Bergen zurückkam, fand sie ihren Mann tot in der Bratpfanne. Sie war schrecklich unglücklich und hätte sich am liebsten hingesetzt und nur noch geweint. Aber da sie wusste, wie wichtig es ist, für den Verstorbenen Gebete zu sprechen, suchte sie nach jemandem, der sich damit auskannte. Am liebsten wäre ihr natürlich ein Lama gewesen, der die Gebete und Rituale

gelernt hat. Sofort ging sie los, um nach einem Lama zu suchen.
Auf ihrem Weg begegnete sie als erstes Muku, der Taube. Muku erkundigte sich: »Wo willst du denn so spät am Abend noch hin?« Silulu seufzte: »Oh, Schapopo ist gestorben, deshalb suche ich jetzt einen Lama, der für ihn Gebete spricht.«
»Da hast du aber großes Glück, dass du gerade mich getroffen hast«, sagte Muku, »ich bin nämlich ein Lama! Ich habe lange im Kloster gelebt und habe dabei viele Gebete gelernt.« Aber Silulu war nicht dumm. Sie wusste, dass viele von sich behaupten, sie wären Lamas, aber nur wenige von ihnen es wirklich sind. Deshalb antwortete sie: »Wenn du ein Lama bist, dann sag ein paar Gebete, so wie es die Lamas tun.« Nun kannte Muku keine Gebete, also ging sie einfach im Kreis herum und murmelte: »Muk, muk, muk, muk, muk, muk muk.«
Silulu merkte gleich, dass das kein Gebet war, deshalb sagte sie: »Du bist überhaupt kein Lama. Wenn du ein Lama bist, dann ist jeder ein Lama!«
Also machte sie sich wieder auf den Weg. Als Nächstes traf sie Schaka, die Elster. Schaka erkundigte sich: »Wo willst du denn so spät am Abend noch hin?« Silulu seufzte: »Oh, Schapopo ist gestorben, deshalb suche ich jetzt einen Lama, der für ihn Gebete spricht.«

»Da hast du aber großes Glück, dass du gerade mich getroffen hast«, sagte Schaka, »ich bin nämlich ein Lama!« Daraufhin meinte Silulu: »Wenn du ein Lama bist, dann sag ein paar Gebete, so wie es die Lamas tun.«
Schaka kannte aber auch keine Gebete, also fing sie stattdessen an zu rufen: »Ka, ka, ka, ka, ka, ka, ka.« Silulu sagte: »Du bist gar kein Lama. Wenn du ein Lama bist, dann ist jeder ein Lama!« Und sie machte sich wieder auf den Weg.
Als sie ein kleines Stück gegangen war, traf sie Forok, den Raben. Forok erkundigte sich: »Wo willst du denn so spät am Abend noch hin?« Silulu seufzte: »Oh, Schapopo ist gestorben, deshalb suche ich jetzt einen Lama, der für ihn Gebete spricht.«
»Da hast du aber großes Glück, dass du gerade mich getroffen hast«, sagte Forok, »ich bin nämlich ein Lama!« Wieder antwortete Silulu: »Wenn du ein Lama bist, dann sag ein paar Gebete, so wie es die Lamas tun.«
Forok kannte auch keine Gebete, also fing er stattdessen an zu krächzen: »Kro, kro, kro.« Silulu sagte: »Du bist gar kein Lama. Wenn du ein Lama bist, dann ist jeder ein Lama!«
Und wieder setzte sie ihren Weg fort. Als Nächstes traf sie Gowo, den bärtigen Geier. Die Geier sind ganz besonders schlaue Vögel. Gowo erkundigte

sich: »Wo willst du denn so spät am Abend noch hin?« Silulu seufzte: »Oh, Schapopo ist gestorben, deshalb suche ich jetzt einen Lama, der für ihn Gebete spricht.«

»Es ist ein großer Segen für dich, dass du gerade mich getroffen hast«, sagte Gowo, »ich bin nämlich ein Lama!« Wieder antwortete Silulu: »Wenn du ein Lama bist, dann sag ein paar Gebete, so wie es die Lamas tun.«

Gowo kannte nun ein paar Gebete, und so begann er ein Gebet mit einer schönen Melodie zu singen: »CHAM DEN DE, DE SCHI SHE PAH, DA CHOMPA YANG DAKPA.« Als Silulu diese Worte hörte, war sie sehr erleichtert, und sie sagte: »Ja, du bist wirklich ein Lama. Du kennst dich mit Gebeten aus.«

Die beiden machten sich gleich auf den Weg zurück zum Zelt. Kaum dass sie angekommen waren, legte Silulu den toten Körper von Schapopo vor Gowo auf den Boden. Dann zog sie sich voller Respekt zurück, um – wie es Sitte war – für den Lama ein Essen zuzubereiten. Nach einer Weile kam sie mit einem Krug voll Joghurt zurück und begann mit einem Löffel Joghurt in eine Schale zu füllen. In diesem Moment sagte Gowo: »Wo ist denn der Verstorbene? Bring ihn doch herein.« Sehr erstaunt meinte Silulu: »Aber ich habe ihn doch gleich vor dich hingelegt, als wir im Zelt angekommen waren.« Da fing Gowo an zu lachen: »Ach, du liebe Zeit, ich dachte, das wäre das Essen für mich, und ich habe es schon aufgefressen!«

Diese Worte versetzten Silulu so in Wut, dass sie die Schale voll Joghurt nahm und sie nach Gowo warf. Der Joghurt blieb an seinem Kopf kleben, und er flog weg und kreischte dabei: »Ah kah, ah kah, ah kah, ah kah.«

Bis zum heutigen Tag haben alle Geier einen weißen Fleck auf dem Kopf. Man sagt, dass dieser Fleck sich an der Stelle befindet, wo damals Silulu Gowo mit dem Joghurt getroffen hat.

Die Katzen und das Ungeheuer

In einem großen Haus lebten einmal eine Katze und ihr Kätzchen. Es war ein einsames und unbewohntes Haus, denn alle anderen Bewohner, Menschen und Tiere, waren von einem Ungeheuer aufgefressen worden.
Eines Tages kam dieses Ungeheuer zu dem Haus zurück. Als es die Katze und das Kätzchen entdeckte, funkelten seine Augen gierig und es sagte mit seiner furchtbaren Stimme: »Morgen seid ihr dran, Katze und Kätzchen. Ich habe ein Stück Fleisch zu Hause, davon werde ich heute noch satt. Aber morgen komme ich wieder. Dann werde ich euch beide auffressen.« Nach diesen Worten verschwand das Ungeheuer.
Die Katze und ihr Kätzchen blieben ganz verschreckt zurück. Was sollten sie nur tun? Als sie so ratlos dasaßen, kam ein kleines Bündel Anmachholz ins Haus und fragte: »Geht es euch gut, Katze und Kätzchen?« Die Katze antwortete: »Es geht uns zwar gut, aber wir sind nicht glücklich.« Das Feuerholz fragte: »Warum seid ihr nicht glücklich?« Die Katze

erwiderte: »Wir sind unglücklich, weil morgen das Ungeheuer kommen wird, um uns beide aufzufressen.«
Da meinte das Feuerholz: »Ich werde euch helfen!«, und es stieg in den Ofen.
Etwas später kam eine Nadel ins Haus und fragte: »Geht es euch gut, Katze und Kätzchen?« Wieder antwortete die Katze: »Es geht uns zwar gut, aber wir sind nicht glücklich«. Die Nadel fragte: »Warum seid ihr nicht glücklich?« Die Katze erwiderte: »Wir sind nicht glücklich, weil morgen das Ungeheuer kommen wird, um uns beide aufzufressen.«
»Ich werde euch helfen!«, antwortete die Nadel und hüpfte auf das Regal über dem Ofen.
Als Nächstes kam ein Stein ins Haus und fragte: »Geht es euch gut, Katze und Kätzchen?« Wieder antwortete die Katze: »Es geht uns zwar gut, aber wir sind nicht glücklich.« Der Stein fragte: »Warum seid ihr nicht glücklich?«, und die Katze erwiderte: »Wir sind nicht glücklich, weil morgen das Ungeheuer kommen wird, um uns beide aufzufressen.«
Da sagte der Stein: »Ich werde euch helfen!«, und er sprang auf einen Balken an der Decke.
Als Nächstes kullerte etwas Schafsmist ins Haus und fragte: »Geht es euch gut, Katze und Kätzchen?« Wieder antwortete die Katze: »Es geht uns zwar gut, aber wir sind nicht glücklich.« Der Schafsmist fragte:

»Warum seid ihr nicht glücklich?«, und die Katze erwiderte: »Wir sind unglücklich, weil morgen das Ungeheuer kommen wird, um uns beide aufzufressen.« Da sagte der Schafsmist: »Ich werde euch helfen!«, und er rollte auf die oberste Stufe der Treppe.

Als Nächstes kam ein Bündel Stroh ins Haus und fragte: »Geht es euch gut, Katze und Kätzchen?« Wieder antwortete die Katze: »Es geht uns zwar gut, aber wir sind nicht glücklich.« Das Stroh fragte: »Warum seid ihr nicht glücklich?«, und die Katze erwiderte: »Wir sind unglücklich, weil morgen das Ungeheuer kommen wird, um uns beide aufzufressen.«

Da sagte das Stroh: »Ich werde euch helfen!«, und es legte sich auf eine Treppenstufe.

Als Nächstes kam ein Hund ins Haus und fragte: »Geht es euch gut, Katze und Kätzchen?« Wieder antwortete die Katze: »Es geht uns zwar gut, aber wir sind nicht glücklich.« Der Hund fragte: »Warum seid ihr nicht glücklich?« Und die Katze erwiderte: »Wir sind unglücklich, weil morgen das Ungeheuer kommen wird, um uns beide aufzufressen.«

Da sagte der Hund: »Ich werde auch helfen!«, und er setzte sich vor die unterste Treppenstufe.

Als Nächstes kam ein Yak ins Haus und fragte: »Geht es euch gut, Katze und Kätzchen?« Wieder antwortete die Katze: »Es geht uns zwar gut, aber wir sind nicht glücklich.« Das Yak fragte: »Was ist mit euch los? Warum seid ihr nicht glücklich?« Die Katze antwortete: »Wir sind unglücklich, weil morgen das Ungeheuer kommen wird, um uns beide aufzufressen.«

Das Yak sagte: »Ich werde euch helfen!«, und es versteckte sich unter der Treppe.

Auch der Kessel wollte helfen, er drehte sich um, so dass sich die Katze und das Kätzchen darin verstecken konnten.

Nun warteten alle auf das Ungeheuer.

Früh am nächsten Morgen kam es. Überall suchte es nach der Katze und dem Kätzchen, aber es konnte sie nicht finden. Da dachte das Ungeheuer: »Jetzt mache ich mir erst einmal ein schönes Feuer im Herd, dann werde ich weiter nach diesen kleinen Biestern suchen.« Es setzte sich neben den Herd und fing an, das Feuerholz zurechtzulegen. Aber kaum hatte es das Feuerholz angezündet, da gab es eine kleine Explosion, und glühende Funken sprangen ihm in die Augen. Das Ungeheuer heulte auf: »Aaauuuooo!«, und es wollte sich an der Herdplatte fest halten, um nicht umzufallen. Da bohrte sich die Nadel in seine Handfläche. Das tat sehr weh, so dass das Ungeheuer wieder aufheulte: »Aaauuuoo!« Es sprang vor Schmerz so hoch, dass das ganze Haus wackelte, dadurch fiel der Stein vom Deckenbalken genau auf den Kopf des Ungeheuers. Es schrie auf: »Iiieeeooo!«

Das Ungeheuer war so durcheinander und hatte so viele Wunden, dass es nur noch weg wollte aus diesem furchtbaren Haus. Als es zur Treppe rannte, rutschte es auf dem Schafsmist aus, stolperte auch noch über das Stroh und rollte die ganze Treppe hinunter. Dort lag es nun und konnte sich nicht mehr rühren. Da stürzte sich der Hund auf das Ungeheuer und biss es, und dann kam das Yak und durchbohrte es mit den Hörnern. Das gab dem Ungeheuer den letzten Rest, und es starb auf der Stelle.

Der Tiger in der Grube

Ein Mann machte einmal eine sehr weite Reise, er wanderte durch viele Täler und durch viele Wälder. Eines Tages kam er zu einer tiefen Grube. Er schaute hinein und bekam einen Schreck: Dort unten hockte ein Tiger! Dieser Tiger war in die Grube gefallen und konnte nicht wieder herauskommen. Er rief: »Lieber Wanderer, bitte hilf mir hinaus! Wenn du mich nicht rettest, dann werde ich hier verhungern.« Der gutmütige Mann dachte sich: »Er braucht wirklich meine Hilfe«, und mit einiger Mühe schaffte er es, den Tiger aus der Grube herauszuziehen.

Der Tiger war voller Dankbarkeit, er sagte: »Ich bin so glücklich, dass du mir geholfen hast, du hast mir das Leben gerettet! Aber nun bin ich ganz fürchterlich hungrig, deshalb muss ich dich leider fressen.« Der Mann war ganz entsetzt: »Das kannst du doch nicht machen, wo ich dir das Leben gerettet habe!« Aber der Tiger blieb dabei: »Ich bin zu hungrig. Ich muss dich einfach fressen, um zu überleben. Außerdem glaube ich, dass du mir sehr gut schmecken wirst!« Da meinte der Mann: »Warte noch ein bisschen. Wir sollten jemanden suchen, der entscheiden soll, ob es richtig ist, dass du mich frisst.«

Damit war der Tiger einverstanden. Eine ganze Weile wanderten sie, und schließlich sahen sie auf einer Wiese ein altes Yak. Zu diesem Yak gingen sie und sagten: »Liebes Yak, du siehst so alt und weise aus, dürfen wir dich etwas fragen?« Das Yak erwiderte: »Was wollt ihr mich denn fragen?« Da erklärte ihm der Mann die Situation: »Weißt du, dieser Tiger war in eine tiefe Grube gefallen, er konnte nicht wieder heraus, fast wäre er gestorben. Ich habe ihm aus der Grube herausgeholfen und ihm damit das Leben gerettet. Aber nun will er mich auffressen. Das ist doch nicht richtig. Wie kann er so undankbar sein! Findest du, dass er mich fressen darf?« Das Yak überlegte eine Weile, dann sagte es: »Nun ja, es geht im Leben nicht immer gerecht zu. Die Menschen sind auch nicht besonders dankbar. Als ich noch jung war, da waren sie sehr gut zu mir, sie gaben mir das beste Futter und ließen mich an der Spitze der Yak-Herde laufen. Aber als ich älter wurde und keine schweren Lasten mehr tragen konnte, da haben sie mich einfach in den Bergen allein gelassen und sich nicht mehr um mich gekümmert. Mit der Dankbarkeit bei den Menschen

ist es auch nicht weit her, vielleicht sollte der Tiger dich fressen.«
Das gefiel dem Tiger, und er sagte: »Da hörst du es, ich darf dich fressen!« Aber der Mann gab noch nicht auf. Er sagte: »Nein, nein, hör doch nicht auf dieses altersschwache Yak. Das redet doch nur noch Unsinn. Lass uns jemand anderes fragen. Ich verspreche dir, beim nächsten Mal werde ich die Entscheidung akzeptieren.«
Der Tiger gab nach, und sie wanderten weiter, bis sie zum nächsten Berg kamen. Dort graste ein altes Pferd auf einer Wiese. Sie einigten sich, dass sie dieses Pferd fragen wollten. Wieder erklärte der Mann die Situation: »Dieser Tiger war in eine tiefe Grube gefallen, er konnte nicht wieder heraus, fast wäre er gestorben. Ich habe ihm aus der Grube geholfen und ihm damit das Leben gerettet. Aber nun will er mich auffressen. Da ist doch nicht richtig! Findest du, dass er mich fressen darf?«
Das Pferd überlegte und sagte dann: »Na ja, die Menschen sind auch nicht immer dankbar. Als ich noch jung war, da haben sie mich sehr gut behandelt, sie gaben mir das beste Futter, ich wurde jeden Tag gewaschen und gebürstet und sie haben mich wunderschön geschmückt. Aber jetzt, wo ich alt bin, da kümmert sich niemand um mich, niemand gibt mir etwas zu Fressen. Sie lassen mich einfach hier

zu jeder Jahreszeit in den Bergen, und ich muss selber zusehen, wie ich überlebe. Meiner Meinung nach zeigen die Menschen auch keine Dankbarkeit, deshalb finde ich es eigentlich nicht so schlimm, wenn der Tiger dich auffrisst.«
Zufrieden sagte der Tiger: »Jetzt hast du es gehört, beide sind derselben Meinung, ich kann dich ruhig fressen. Also werde ich das jetzt auch tun!« Aber der Mann bettelte wieder voller Angst: »Bitte, gib mir doch noch eine einzige Chance. Beim nächsten Mal werde ich wirklich die Entscheidung akzeptieren.«
Also gingen sie weiter. Nach kurzer Zeit trafen sie ein Kaninchen. Sie einigten sich, dass sie dieses Kaninchen fragen wollten. Wieder erklärte der Mann die ganze Geschichte und fragte dann: »Was meinst du? Darf mich der Tiger wirklich fressen?« Daraufhin meinte das Kaninchen: »Das ist eine schwierige Entscheidung. Ich muss mir erst genau anschauen, wie das alles passiert ist. Lasst uns zu der Grube zurückgehen, in die der Tiger gefallen war.«
Damit waren beide einverstanden, und sie wanderten den Weg zurück zu der Grube. Dort fragte das Kaninchen den Tiger: »Wie ist es denn passiert, dass du in die Grube gefallen bist?« Daraufhin sprang der Tiger in die Grube und sagte: »So bin ich hin-

eingefallen.« Nun wandte sich das Kaninchen an den Mann und meinte: »Jetzt liegt es ganz bei dir, ob du den Tiger dort herausholen willst oder nicht.« Zufrieden über seinen Rat hoppelte das Kaninchen von dannen.

Die sieben Schafe

Es war einmal ein Mann, der hieß Schi Ninma. Er besaß sieben Schafe, um die er sich hingebungsvoll und fürsorglich kümmerte. Wenn im Winter kein Gras auf den Berghängen wuchs, gab er ihnen getrocknetes Gras zu fressen, das er im Sommer für sie geschnitten und gelagert hatte. Wenn es draußen sehr kalt war, dann gab er ihnen in seinem Haus einen warmen Platz. Im Frühling brachte er sie zum Grasen auf die schönsten Wiesen, wo es viele Blumen und frische Schößlinge zu fressen gab. Die Schafe wiederum gaben ihm viel gute Milch. So lebten sie alle glücklich zusammen.

Eines Tages, als Schi Ninma draußen mit seiner Arbeit beschäftigt war, fand eine Krähe den Weg in sein Zelt. Zuerst sah sich die Krähe überall um, dann flog sie auf den Rand eines Topfes mit Milch und fing an zu trinken. Sie trank und trank und trank, bis sie einfach nicht mehr konnte. Da betrat plötzlich Schi Ninma das Zelt. Die Krähe erschrak und versuchte wegzufliegen. Aber um zum Zeltausgang zu kommen, hätte sie direkt an Schi Ninma vorbeifliegen müssen. Das wollte sie aber auf keinen Fall. Deshalb versuchte sie unter dem Zeltrand durchzufliegen. Dabei klatschte ihr Bauch auf den Zeltboden, und weil sie so viel Milch getrunken hatte, platzte sie und starb.

Als er das sah, musste Schi Ninma lauthals lachen. Es war so komisch anzusehen und zugleich so traurig, dass er nicht wieder aufhören konnte zu lachen. Er lachte so lange und so heftig, dass er schließlich auch starb.

Nachdem Schi Ninma tot war, kamen die Schafe zusammen, um zu beraten, was sie jetzt tun sollten. Ein Schaf sagte: »Solange Schi Ninma lebte, war er sehr freundlich zu uns, er hat uns immer gut behandelt.«

Ein anderes Schaf stimmte zu und meinte: »Jetzt müssen wir etwas für ihn tun. Wir sollten unsere Dankbarkeit zeigen für die große Freundlichkeit, die er uns erwiesen hat, als er noch lebte.«

Schließlich beschlossen sie, seinen Körper nach Lhasa zu bringen. Dort könnten sie Gebete für ihn sprechen in der Gegenwart des Dschowo Rinpoche, der großen und sehr heiligen Buddhastatue. Noch am selben Tag machten sie sich auf den Weg nach Lhasa. Abwechselnd trugen sie den toten Körper von Schi Ninma auf dem Rücken.

Lange Zeit wanderten sie über steinige Berge und durch bewaldete Täler. Eines Tages trafen sie auf einen böse dreinblickenden Wolf. Dieser Wolf stellte sich ihnen in den Weg und sagte: »Wo geht ihr Schafe denn ohne einen Schäfer hin? Da niemand auf euch aufpasst, werde ich euch auffressen.« Die Schafe bekamen große Angst, denn Schi Ninma hatte sie oft vor Wölfen gewarnt.
Ein Schaf sagte mutig: »Wir bringen den toten Körper unseres Herrn nach Lhasa, dort wollen wir für ihn beten. Bitte friss uns noch nicht auf, denn dann können wir unsere Dankbarkeit für dessen Freundlichkeit nicht zeigen. Wenn du auf uns wartest, kannst du uns fressen, wenn wir wieder zurückkommen. Das wäre für dich auch viel besser, weil wir dann nicht mehr sieben Schafe sein werden, sondern vierzehn. Jede von uns wird nämlich bald ein Lamm zur Welt bringen. Außerdem haben wir dann unsere Aufgabe erfüllt und werden uns gern fressen lassen.«
Diese Worte überzeugten den Wolf, es schien wirklich die beste Lösung zu sein. Er ließ sie also ziehen und versicherte ihnen, dass er auf dem Rückweg auf sie warten würde.
Die sieben Schafe gingen weiter, bis sie nach Lhasa kamen. Kaum hatten sie die Stadt erreicht, gingen sie gleich zu Dschowo Rinpoche. Sie legten den

toten Körper von Schi Ninma vor dieser heiligen Statue nieder und machten viele Gebete für ihn. Damit hatten sie ihre Aufgabe erfüllt.
Kurze Zeit später brachte jedes Schaf ein Lamm zur Welt, und so waren sie nun zu vierzehnt. Als die Lämmer kräftig genug waren, verließen sie Lhasa und machten sich auf den Heimweg. Von Tag zu Tag kamen sie näher an die Stelle heran, wo sie den Wolf getroffen hatten, und die Schafe fingen an zu weinen und zu klagen. Die Lämmer aber wussten nicht, was ihnen bevorstand. Sie waren guter Laune und spielten und lachten.
Ein Hase, der zufällig in der Nähe war, hörte sie. Er hoppelte heran und fragte: »Was ist denn mit euch los? Einige von euch weinen und klagen, und die anderen lachen und spielen. Das kommt mir sehr merkwürdig vor.« Ganz traurig erzählte ihm eines der Schafe: »Wir Mütter wissen, dass der Wolf ganz in der Nähe auf uns wartet. Sobald er uns sieht, wird er uns alle auffressen. Deshalb weinen wir. Die Lämmer aber wissen nichts davon, deshalb sind sie glücklich. Sie spielen und lachen, weil sie die Gefahr nicht kennen.«
Der Hase hatte großes Mitgefühl mit ihnen, denn viele seiner Freunde und Verwandten waren dem riesigen Appetit der Wölfe zum Opfer gefallen. Er war ein sehr kluger Hase, deshalb sagte er: »Viel-

leicht gibt es ja einen Ausweg. Lasst mich nachdenken.« Nachdem er einige Zeit angestrengt überlegt hatte, was die Schafe retten könnte, meinte er: »Jetzt habe ich eine Idee, wie wir die Pläne des Wolfs durchkreuzen können. Damit es aber klappt, müsst ihr euch genau an das halten, was ich euch jetzt sage.«

Sofort erklärten sich die Schafe bereit, alles zu tun, was der Hase wollte, denn sie sahen keine andere Möglichkeit, ihr Leben zu retten. Als Erstes befahl der Hase: »Ihr müsst mich auf euren Rücken tragen.« Schnell bauten die Schafe eine Sänfte, um ihn zu tragen. Der Hase hüpfte darauf, und sie gingen weiter.

Nach einiger Zeit sahen sie am Wegesrand einen runden, hölzernen Nasenring liegen, den man benutzt, um ein gezähmtes Yak zu führen. Der Hase sagte: »Hebt ihn auf und nehmt ihn mit. Er könnte nützlich sein.« Also hob eines der Schafe den hölzernen Nasenring auf und trug ihn.

Kurze Zeit später sahen sie ein Stück schwarzen Stoff, den man für Zelte verwendet. Der Hase sagte: »Hebt ihn auf und nehmt ihn mit. Er könnte irgendwann nützlich sein.« Also hob eines der kleinen Lämmer das Stück Stoff auf und trug es.

Sie setzten ihre Reise fort, und nach einer Weile fanden sie eine Spindel, mit der man aus Wolle

Fäden spinnen kann. Wieder sagte der Hase: »Hebt sie auf und nehmt sie mit. Vielleicht kann auch sie uns nützlich sein.« Also hob ein Schaf sie auf und trug sie.

Etwas später sahen sie am Wegrand ein großes Stück Papier liegen. Der Hase sagte: »Das könnte sehr nützlich sein. Eine von euch muss es aufheben und tragen.« Also hob eines der Lämmer das Papier auf und trug es.

Sie gingen weiter und kamen schließlich zu der Stelle, an der sie den Wolf getroffen hatten. Eines der Schafe schluchzte: »Genau hier ist die Stelle, wo der Wolf auf uns warten wollte.«

Als der Hase das hörte, sagte er: »Wenn das so ist, dann müsst ihr an dieser Stelle für mich einen runden, hölzernen Thron aufstellen, damit ich mich darauf setzen kann.« Daraufhin legte das Schaf den hölzernen Nasenring, den es getragen hatte, auf den Boden.

Als Nächstes sagte der Hase: »Nun legt den schwarzen Teppich auf meinen Thron.« Daraufhin legte das Lamm, das den schwarzen Stoff getragen hatte, diesen auf den hölzernen Ring.

Nun nahm der Hase das große Stück Papier und wickelte es um die Spindel, so dass es aussah wie eine Schriftrolle. Er setzte sich auf diesen schnell errichteten Thron und rollte die Schriftrolle auf, wie es ein königlicher Botschafter tun würde. Dann verkündete er mit lauter Stimme: »Dies ist ein Befehl des Königs von Tibet, des Herrschers über alle Menschen mit schwarzen Haaren: Jedes Wesen, ob Mensch oder nicht Mensch, das diesen sieben Schafen und sieben Lämmern Schaden zufügen will, wird sofort geköpft.«

Der Hase hatte diese Botschaft so laut vorgetragen, wie er konnte, und der Wolf, der ganz in der Nähe war, hatte alles genau gehört. Er bekam große Angst, dass er geköpft werden würde, deshalb rannte er so schnell er konnte in den Wald. Vor lauter Angst sah er gar nichts und stieß fast mit seinem alten Bekannten, dem Bär zusammen. Der Bär fragte: »Mein guter Freund, wovor rennst du denn weg?« Ganz außer Atem antwortete der Wolf: »Der Hase ist ein Bote des Königs von Tibet. Er hat gerade einen Befehl vorgelesen, dass jeder, der den sieben Schafen und den sieben Lämmern Schaden zufügen will, geköpft wird. Vor einiger Zeit hatte ich ihnen angedroht, dass ich sie fressen würde. Deshalb muss ich mich jetzt verstecken.«

Der Bär fing an zu lachen und sagte: »Du bist ja verrückt. Der Hase versucht doch nur, dich hereinzulegen. Du solltest nicht wegrennen. Geh lieber zurück und sieh nach, was tatsächlich los ist.« Aber der Wolf hatte viel zu viel Angst, um zurückzugehen. Da meinte der Bär: »Du brauchst doch keine Angst zu haben. Ich werde mit dir zusammen dorthin gehen.« Aber der Wolf antwortete: »Selbst wenn wir zusammen hingehen, könnten sie mich schnappen und dich laufen lassen.« Um ihn zu beruhigen, schlug der Bär vor: »Wir könnten unsere Schwänze zusammenbinden, dann kann ich dich nicht zurücklassen.«

Zu dieser Zeit hatten die Bären so lange Schwänze wie sie die Wölfe heute noch haben. Die beiden knoteten also ihre Schwänze zusammen und gingen zu der Stelle, an der sich die Schafe und die Lämmer versammelt hatten.

Als der Hase sah, dass der Wolf und der Bär sich näherten, sprang er auf seinen Thron. Dann warf er die Spindel nach dem Wolf und traf ihn direkt am Kopf. Der Hase schrie wütend: »Du böser Wolf! Du hast versprochen, dass du mir ein starkes und fettes Yak bringen würdest. Stattdessen bringst du mir nur diesen stinkenden, dürren Kerl. Wir wollen etwas Besseres zu fressen.«

Bei diesen Worten wurde der Bär sehr misstrauisch. Was hatte der Wolf mit ihm vor? Er erinnerte sich, dass der Wolf in der Vergangenheit schon oft andere betrogen und belogen hatte, und er wurde immer unruhiger. Er befürchtete, dass der Wolf ihn in eine Falle locken wollte. Deshalb rannte er weg. Nun

war der Bär aber stärker als der Wolf, also zog er den Wolf hinter sich her, während er weglief. Er schleppte den Wolf die Berge hinauf und hinunter, durch dichtes Gestrüpp, hinein in Flüsse und wieder heraus, so dass der Wolf schließlich starb.
Der Bär selber fühlte sich auch furchtbar elend, er war außerdem völlig außer Puste. Auf einmal blieb der schlaffe Körper des Wolfs zwischen zwei Felsen stecken. Der Bär zerrte und zerrte, um freizukommen. Bei einem ganz heftigen Ruck riss auf einmal sein Schwanz ab. Da jaulte der Bär vor Schmerz auf, versteckte sich in einem dichten Dornengestrüpp und leckte seine Wunden.

Die sieben Schafe und ihre sieben Lämmer konnten unbehelligt nach Hause zurückkehren. Dies hatten sie dem klugen und hilfsbereiten Hasen zu verdanken, der sie vor dem wilden, bösen Wolf gerettet hatte. Seit dieser Zeit sind Schafe und Hasen gute Freunde. Aus Dankbarkeit lassen die Schafe auf einer Wiese immer genug Gras stehen, damit die Hasen etwas zum Fressen finden, wenn sie vorbeikommen.

Der verzauberte Hund

Es war einmal eine Mutter, die hatte drei Töchter. Sie lebten zusammen glücklich und zufrieden. Sie waren nicht besonders reich, aber auch nicht besonders arm. Eines Tages bekamen sie Besuch von Tschi Dschawo, einem Hund mit schwarzem Fell und braunen Flecken im Gesicht. Er trug in seinem Maul die Scheide eines Schwertes, die war angefüllt mit Tsampa, geröstetem Gerstenmehl. Er überreichte die Schwertscheide der Mutter und bat sie: »Könntest du dies bitte bis zu meiner Rückkehr für mich aufbewahren?« Die Mutter antwortete freundlich: »Gerne werde ich das für dich tun.«

Es verging ein Jahr, aber Tschi Dschawo kehrte nicht zurück. Ein zweites Jahr verging, und dann ein drittes, und noch immer hatte sich Tschi Dschawo nicht gemeldet. Mit der Zeit fragten sie sich, ob er überhaupt zurückkehren würde. Als sie eines Tages nur wenig Tsampa im Hause hatten, und auch sonst nichts, was sie essen konnten, beschlossen sie schließlich, das Tsampa aus der Schwertscheide zu

nehmen. Denn sie waren überzeugt, dass Tschi Dschawo wohl längst tot war. Es war nur wenig Tsampa darin, und das hatten sie schnell aufgegessen.
Ganz früh am nächsten Morgen stand plötzlich Tschi Dschawo vor der Tür. Er sagte: »Da bin ich wieder! Bitte gebt mir doch meine Schwertscheide mit dem Tsampa zurück.« Die Mutter und die Töchter bekamen einen großen Schreck, und sie versuchten zu vertuschen, dass sie sein Tsampa gerade am Tag zuvor aufgegessen hatten. Schnell besorgten sie Gerste und fingen an, daraus Mehl zu mahlen und es zu rösten. Als Erstes hatte die älteste Tochter einen Beutel voll Tsampa gemacht, und sie schüttete alles in die Schwertscheide. Aber all dieser Tsampa konnte sie nicht füllen. Daraufhin mahlte und röstete die mittlere Tochter Gerstenmehl und füllte es in einen noch viel größeren Beutel Tsampa, aber auch damit ließ sich die Schwertscheide nicht anfüllen. Schließlich machte die jüngste Tochter einen riesigen Beutel voll Tsampa, aber die Schwertscheide konnte auch damit nicht gefüllt werden. Was auch immer sie versuchten, sie schafften es einfach nicht, diese Schwertscheide zu füllen.
Schließlich gingen die vier ganz bedrückt zu Tschi Dschawo. Die Mutter versuchte, alles zu erklären: »Wir haben deine Schwertscheide drei Jahre lang

aufbewahrt. Aber weil du immer noch nicht zurückgekommen warst, haben wir angenommen, dass du längst tot bist. Gerade erst gestern haben wir deinen Tsampa aufgegessen, weil wir nicht mehr damit gerechnet haben, dass du zurückkommst.« Als der Hund schwieg und sie einfach nur ansah, sprach die Mutter weiter: »Wir haben alles versucht, um die Scheide wieder mit Tsampa zu füllen, aber es ist uns nicht gelungen. Wir schämen uns und es tut uns sehr Leid. Wir werden alles tun, was du von uns willst, denn wir können dir leider nicht dieselbe Menge Tsampa zurückgeben, die du uns zur Aufbewahrung gegeben hattest.«

Daraufhin sagte Tschi Dschawo: »Ihr könnt mir also meinen Tsampa nicht zurückgeben.« Er überlegte eine Weile. Dann meinte er: »Es gibt etwas anderes, was ihr stattdessen für mich tun könnt.« Wie aus einem Munde riefen die vier erleichtert: »Was es auch ist, wir werden es tun.« Da wandte sich Tschi Dschawo an die Mutter und sagte: »Du musst mir eine deiner Töchter zur Frau geben.« Die vier waren ganz entsetzt. Aber sie hatten versprochen zu tun, worum er bitten würde, und da sie immer ihr Wort hielten, konnten sie seine Forderung nicht ablehnen. Es fiel der Mutter unsagbar schwer, aber sie sagte: »So soll es sein, ich werde dir eine meiner Töchter zur Frau geben. Such dir aus, welche du heiraten möchtest.« Da wählte Tschi Dschawo die älteste Tochter aus.

Die Mutter packte etwas Fleisch und Tsampa ein für ihre älteste Tochter und legte einige Knochen und etwas Hundefutter für Tschi Dschawo dazu. Die beiden packten die Abschiedsgeschenke der Mutter ein und machten sich gleich auf den Weg.

Tschi Dschawo und die älteste Tochter waren schon weit gewandert, als sie gegen Mittag zu einem Fluss kamen. Sie beschlossen, sich ein wenig auszuruhen und etwas zu essen. Als sie sich niedergelassen hatten, sagte Tschi Dschawo: »Iss du den Tsampa und das Fleisch und gib mir die Knochen und das Hundefutter.« Die älteste Tochter folgte genau seinen Worten.

Nachdem sie ihr Mahl beendet hatten, gingen sie ans Flussufer. Tschi Dschawo starrte eine Weile in das wild vorbeirauschende Wasser, dann sagte er: »Wir müssen diesen Fluss durchqueren. Willst du mich auf deinem Rücken hinübertragen, oder soll ich dich auf meinem Rücken tragen?« Die Tochter antwortete: »Ich bin ein Mensch, und du bist ein Tier, also solltest du mich auf deinem Rücken tragen.«

Das machte Tschi Dschawo traurig und er meinte: »Du bist nicht die richtige Frau für mich. Lass uns sofort zurückgehen zum Haus deiner Mutter.«

Schnell gingen sie den ganzen Weg zurück. Die Mutter war sehr erstaunt über ihre plötzliche Rückkehr. Tschi Dschawo erklärte: »Dies ist nicht die richtige Frau für mich. Gib mir deine mittlere Tochter zur Frau.«

Am nächsten Morgen bereitete sich die mittlere Tochter auf ihre Reise mit Tschi Dschawo vor.

Die Mutter gab ihr dieselben Abschiedsgeschenke: Fleisch und Tsampa, Knochen und Hundefutter.

Wieder wanderten sie den weiten Weg, bis sie zum Fluss kamen. Dort verhielt sich die mittlere Tochter genau wie die älteste Tochter: Als sie sich zum Essen niedergelassen hatten, aß sie den Tsampa und das Fleisch und gab Tschi Dschawo die Knochen und das Hundefutter. Und als es darum ging, den Fluss zu durchqueren, sagte sie: »Ich bin ein Mensch und du bist ein Tier, deshalb solltest du mich auf deinem Rücken tragen.«

Wieder erwiderte Tschi Dschawo traurig: »Du bist nicht die richtige Frau für mich«, und wieder kehrten sie zurück zum Haus der Mutter. Dort sagte er: »Dies ist nicht die richtige Frau für mich. Gib mir deine jüngste Tochter zur Frau.«

Am nächsten Morgen gab die Mutter ihrer jüngsten Tochter wiederum Tsampa und Fleisch, Knochen und Hundefutter als Abschiedsgeschenke.

Nach einer langen Wanderung kamen sie wieder zum Fluss und setzten sich zu einer Rast nieder. Tschi Dschawo sagte: »Iss du das Fleisch und den Tsampa und gib mir die Knochen und das Hundefutter, so haben es deine Schwestern auch getan.« Aber die jüngste Tochter antwortete: »Nein, das werde ich nicht tun, wir sind doch jetzt Mann und Frau, deshalb sollten wir auch dasselbe essen.« Sie breitete alles Essbare aus und teilte es mit Tschi Dschawo.

Nach dem Essen gingen sie an den wild schäumenden Fluss. Wieder sagte Tschi Dschawo: »Wir müssen diesen Fluss durchqueren. Soll ich dich hinübertragen, oder willst du mich tragen?« Die jüngste Tochter antwortete: »Ich bin ein Mensch, und du bist ein Tier. Man sagt, dass Menschen stärker und klüger sind, deshalb sollte ich dich tragen.« Daraufhin nahm sie ihn auf den Rücken und ging durch den Fluss.

Tschi Dschawo freute sich sehr. Diese Frau brauchte er wirklich nicht zurückzubringen! Viele Monate reisten die beiden zusammen, und in dieser Zeit brachte die jüngste Tochter drei kleine Welpen zur Welt. Sie wanderten immer weiter, bis sie eines Tages am Horizont einen riesigen Palast sahen. Als sie etwas näher gekommen waren, sagte Tschi Dschawo: »Bleib du hier, meine liebe Frau, und

warte auf mich. Ich will zum Palast gehen und um etwas Essen bitten.« Die junge Frau bekam große Angst. »Bitte geh nicht zu diesem Palast!«, rief sie, »es gibt dort bestimmt viele Hunde, und sobald du näher kommst, werden sie über dich herfallen und dich vielleicht sogar umbringen! Lass mich gehen, ich werde dort um Essen bitten.«
Aber so sehr sie auch bat und bettelte, Tschi Dschawo hörte nicht auf sie und ließ sie mit den drei kleinen Hunden zurück. Aus der Ferne beobachtete sie, wie sich Tschi Dschawo dem Palast näherte. Plötzlich rannten hunderte von riesigen, Furcht erregenden Hunden aus dem Palasttor, und sie stürzten sich bellend und knurrend von allen Seiten auf Tschi Dschawo. Starr vor Schreck beobachtete sie, wie die Hunde Tschi Dschawo in Stücke zu reißen schienen.
Die junge Frau brach in Tränen aus, sie war völlig verzweifelt. Sie konnte nichts tun, um ihren geliebten Mann zu retten. So saß sie da und weinte und weinte. Sie merkte zuerst gar nicht, dass sich ein langer Zug von Reitern näherte. Sie ritten direkt auf die Frau zu, stiegen dann von ihren Pferden und verbeugten sich vor ihr. Der erste Reiter sagte: »Große Königin, bitte komm mit uns.« Die junge Frau antwortete: »Ich bin keine Königin. Ich bin überhaupt niemand. Mein Ehemann war ein Hund,

und er wurde von euren Hunden getötet«, und sie fing wieder an zu weinen.
Da hob der Reiter sie und ihre kleinen Hunde vorsichtig hoch und setzte sie auf ein reich geschmücktes Pferd. Der ganze Zug setzte sich wieder in Bewegung und sie ritten zurück zum Palast. Dort wurden die Frau und die kleinen Hunde in einen riesigen Saal geleitet. Darin befand sich ein goldener Thron, rechts daneben stand ein silberner Thron und links ein mit Türkisen geschmückter Thron. Auf dem goldenen Thron saß ein sehr gut aussehender junger Mann, der sie anlächelte.
Die junge Frau wurde vorsichtig auf den Türkis-Thron gesetzt. Dann stand der König auf, ging zu den drei kleinen Hunden und kraulte ihnen die Köpfe. Plötzlich verwandelten sich die Hunde in Kinder, in zwei Prinzen und eine Prinzessin. Diese wunderschönen Kinder wurden dann auf den silbernen Thron gesetzt. Alle Minister und alle Untertanen, die in dem Saal versammelt waren, verbeugten sich tief. Und schließlich begann ein großes Fest, unzählige Gerichte wurden aufgetragen, und die ganze Nacht hindurch gab es Aufführungen, Tanz und Gesang.
Von diesem Tag an wurde die junge Frau bekannt als die Königin des Tschischup Gyalpo, des Königs mit dem Hundefell. Und, wie es ein Sprichwort der

Tibeter sagt, der köstliche Duft geschmolzener Butter stieg zum Himmel auf, und alles Unglück wurde weggespült und vom Fluss davongetragen. Das bedeutet, dass sie froh und glücklich lebten bis an das Ende ihrer Tage.

Die Fledermaus, die Königin der Vögel werden wollte

Einst hielten die Vögel eine große Versammlung ab, um sich einen König oder eine Königin zu wählen, denn sie fühlten sich ohne königlichen Schutz und Rat verloren. Also fragten sie: »Wer möchte denn König werden?« Da riefen alle durcheinander: »Ich möchte König werden!« »Ich möchte Königin werden!« Nach einer langen Diskussion einigten sie sich darauf, einen Wettbewerb zu veranstalten. Wer dabei der Klügste und Beste war, der sollte König oder Königin werden. Aber was für eine Art Wettbewerb sollte es sein? Schließlich schlug einer von ihnen vor: »Wir sollten uns alle morgen früh treffen, und wer dann als Erster die Sonne aufgehen sieht, der soll unser König werden.«

Diese Idee gefiel allen, und ganz früh am nächsten Morgen, als es noch dunkel war, trafen sie sich draußen. Weil sie wussten, dass die Sonne immer im Osten aufgeht, schauten sie alle nach Osten – bis auf eine Fledermaus, die schaute nach Westen. Eine ganze Weile saßen sie da und guckten und guckten und guckten. Plötzlich rief die Fledermaus ganz laut: »Da ist die Sonne!« Alle starrten die Fledermaus an, und weil die Fledermaus nach Westen schaute, schauten sie auch alle nach Westen. Und tatsächlich, es stimmte! Im Westen war ein sehr hoher Berg, und auf die Spitze des Berges fiel ein Sonnenstrahl, der sie goldgelb erstrahlen ließ. Alle waren ganz erstaunt. »Die Fledermaus hat Recht, da ist die Sonne. Aber es ist nicht wirklich die Sonne!« In dem Moment rief die Fledermaus: »Aber da ist die Sonne!« In dem Moment erschien nämlich im Osten am Horizont die Sonne.

Nun mussten die anderen zugeben, dass die Fledermaus die Sonne als Erste gesehen und damit gewonnen hatte. Aber sie meinten: »Du siehst überhaupt nicht aus wie eine Königin! Es war sowieso kein guter Wettbewerb, und es ist doch eigentlich ganz unwichtig, wer als Erster die Sonne aufgehen sieht. Das besondere an uns Vögeln ist, dass wir fliegen können. Wir sollten ein Wettfliegen veranstalten.« Also einigten sie sich, dass derjenige König werden sollte, der am höchsten fliegen konnte, und der außerdem am schnellsten wieder hinunter kam.

Am nächsten Morgen trafen sie sich, und alle flogen so hoch sie konnten. Der Adler flog von allen am höchsten, so hoch wie sonst kein Vogel, und dort oben rief er: »Wer ist jetzt noch über mir?« Die Fledermaus hatte sich aber auf seinem Rücken versteckt. Sie breitete jetzt ihre Flügel aus, flog ein ganz kleines bisschen hoch, und rief dann: »Ich bin noch über dir!« Der Adler musste sich geschlagen geben. Er sagte: »Es stimmt, du bist über mir. Aber nun lass uns sehen, wer als Erster unten ankommt.« So schnell er konnte, flog der Adler abwärts, es dauerte aber doch eine ganze Weile. Die Fledermaus klappte nur einfach ihre Flügel ein und ließ sich wie ein Stein fallen. Unten knallte sie ziemlich hart auf den Boden, dadurch bekam sie Nasenbluten. Das machte ihr aber nichts aus, sie leckte das Blut ab und rief: »Ich bin die Erste!« Nun war auch der Adler angekommen, und er musste zugeben, dass die Fledermaus über ihm gewesen war. Trotzdem waren die anderen immer noch nicht einverstanden. Sie sagten: »Du hast ja Recht, du warst die Erste. Aber du siehst einfach nicht aus wie eine Königin!« Also überlegten sie sich noch einen anderen Wettkampf. Der Adler sagte: »Ich werde bis drei zählen, und wer dann als Erster ruft ›Ich werde König der Vögel‹, der wird König.« Alle waren einverstanden. Sie saßen ganz ruhig und leise, bis sie das Kommando hörten: »Eins-zwei-drei.« Die Fledermaus rief ganz schnell: »Ich werde König der Vögel«, aber durch die Schnelligkeit hörte es sich an als ob sie

sagte: »Ich töte den Vater der Vögel.« Da schrien die anderen Vögel auf: »Du willst den Vater der Vögel töten? Na warte!« Sie wollten sich auf die Fledermaus stürzen, um sie zu verprügeln, aber sie flog ganz schnell weg. Und seit dieser Zeit kommt die Fledermaus niemals mehr am Tage aus ihrem Versteck, sondern nur in der Dunkelheit.
Die anderen Vögel aber veranstalteten noch einen letzten Wettbewerb. Dabei ging es darum, wer am schönsten singen konnte. Dann entschieden sie, dass der Gesang des Kuckuck am schönsten war, und so wurde der Kuckuck der König der Vögel.

Erklärung einiger Begriffe

Dschowo Rinpoche: Berühmteste und am meisten verehrte heilige Statue der Tibeter. Sie befindet sich in Lhasa, der Hauptstadt Tibets.

Lama: Priester des tibetischen Buddhismus. Wie ein christlicher Priester hält er feierliche Zeremonien ab, spricht Gebete und betreut Familien, Alleinstehende, Alte und Sterbende. Für seine Hilfe und seine Dienste erhält er von den Gläubigen Opfergaben.

Lhasa: Hauptstadt Tibets, dort befindet sich der berühmte Dschowo Rinpoche, die heiligste Statue des tibetischen Buddhismus.

Mala: Eine Gebetskette mit 108 Perlen. Sie ist vergleichbar mit dem von den Christen gebrauchten Rosenkranz und wird zum Zählen der Gebete benutzt.

Nomaden: In Tibet gibt es sehr viele Nomaden. Sie leben in Zeltdörfern zusammen und ziehen mit ihrem Vieh die Weidegründe entlang. In ihren großen Zelten, die ähnlich aussehen wie Indianertipis, ist für die ganze Familie Platz – von den Großeltern bis zu den Enkeln.

Pilgerreise: Die meisten Tibeter sind Buddhisten. So wie die Christen nach Rom, Bethlehem, Jerusalem oder Lourdes, und wie die Mohamedaner nach Mekka pilgern, besuchen die Tibeter ebenfalls heilige Orte. Die für tibetische Buddhisten heiligste Stelle ist der Dschowo Rinpoche, eine große goldene Statue in der tibetischen Hauptstadt Lhasa.

Tsampa: In Tibet ist Tsampa ein sehr wichtiges Nahrungsmittel. Es wird aus Gerste hergestellt, die zuerst geröstet und dann zu Mehl gemahlen wird. Für eine Mahlzeit wird dieses Gerstenmehl in eine Schale gefüllt und mit Tee und Butter oder Joghurt vermischt.

Yak: Rind mit langen, zotteligen Fellhaaren, von den Tibetern in großen Herden gehalten. Das Yak liefert ihnen Milch, Fellhaare zum Verspinnen zu Wolle und, wenn es geschlachtet wird, Fleisch. Aus Yak-Haaren sind auch die Nomandenzelte hergestellt, deshalb sind sie von dunkler, meist braunschwarzer Farbe.

Bereits erschienen

128 Seiten, 40 farbige
Abbildungen, gebunden
DM 29,90
ISBN 3-89620-109-3

Diese Geschichten über Buddhas frühere Leben, vor über 2000 Jahren entstanden, gehören zum traditionellen Erzählgut der Weltliteratur, und sie bezaubern noch heute durch ihre Weisheit, Schönheit und ihren Humor.
Andrea Liebers hat für diesen Band 18 Geschichten ausgewählt, die alle in der Tierwelt spielen, und sie in einer wunderschön bildhaften Sprache nacherzählt. Die phantasievollen und farbenprächtigen Illustrationen stammen von Bruni Feist-Kramer.

Theseus

Bereits erschienen

128 Seiten, 30 farbige Abbildungen, gebunden
DM 29,90
ISBN 3-89620-114-X

Die zehn spannenden Geschichten, die Andrea Liebers neu erzählt hat, sind dem Schatz der über 2000 Jahre alten Jatakas entnommen. Sie erzählen von den aufregenden und gefährlichen Abenteuern, die der Buddha in seinem früheren Leben als Räuber, Akrobat, Kapitän, Kaufmann, Trommler usw. zu bestehen hatte. Natürlich löste er jede Aufgabe, die sich ihm stellte, bravourös mit Klugheit, Geduld und Freundlichkeit. Die bunten Illustrationen von Bruni Feist-Kramer ergänzen die Geschichten auf wunderbare Weise.

Theseus